Né à Providence (Rhode Island) en 1933, Cormac McCarthy a passé sa jeunesse dans le Tennessee. Dès ses premiers livres (*L'Obscurité du dehors, Un enfant de Dieu, Méridien de sang*), il est comparé à Herman Melville, James Joyce et William Faulkner, alternant entre western métaphysique et thriller rural. En France, on découvre en 1993 *De si jolis chevaux*, premier volume de *La Trilogie des confins* (le livre a remporté le National Book Award en 1992) ; les deux autres volumes sont *Le Grand Passage* et *Des villes dans la plaine*. Cormac McCarthy a également publié *Suttree* ou encore *Le Gardien du verger* (prix Faulkner 1965).

No Country for Old Men a été adapté au cinéma par les frères Cohen en 2007 et couronné de quatre oscars. *La Route*, son dernier roman, prix Pulitzer 2007, a également été adapté par John Hillcoat, avec Vigo Mortensen, en 2009.

Cormac McCarthy

UN ENFANT DE DIEU

ROMAN

Traduit de l'anglais (États-Unis) par Guillemette Belleteste

ACTES SUD
HUBERT NYSSEN EDITEUR

TEXTE INTÉGRAL

TITRE ORIGINAL
Child of God
ÉDITEUR ORIGINAL
Random House Inc., New York

ISBN 978-2-02-7578-1019-4
(ISBN 2-86869-920-0, 1re édition brochée
(ISBN 2-02-030960-2, 1re publication poche)

PREMIÈRE PARTIE

Ils arrivèrent comme une caravane de forains à travers les basses terres envahies de laîches et franchirent la colline dans le soleil du matin, le camion bringuebalant et plongeant dans les ornières, les musiciens en équilibre instable sur des chaises dans la caisse, en train d'accorder leurs instruments ; le gros type avec sa guitare souriait et gesticulait en direction des autres dans la voiture derrière, se penchant pour donner la note au violoneux qui tournait une clef de son crincrin, l'oreille tendue, le visage plissé. Ils passèrent sous les pommiers en fleur, le long d'une mangeoire en rondins colmatée de boue orange, traversèrent un ruisseau à gué pour arriver en vue d'une vieille masure à essentes, ombre bleue sous la paroi montagneuse. Au-delà se dressait une grange. Un des hommes à l'arrière du camion donna un coup de poing sonore sur le toit de la cabine et le véhicule s'immobilisa. Des voitures et des camions arrivaient à travers les herbes folles dans la cour, il y avait des gens à pied.

A observer ces choses qui émergent d'une matinée par ailleurs silencieuse et champêtre, un homme, devant la porte de la grange. Il est petit, crasseux, mal rasé. Il se déplace dans la balle sèche au milieu de la poussière et des lames de soleil avec une brutalité contenue. Du sang saxon et celte. Un enfant de Dieu, sans doute comme vous et moi. Les guêpes traversent l'échelle de lumière que dessinent les lames de la grange en une succession de moments strobiques, dorés et tremblants entre le noir et le noir, comme des lucioles au plus dense de l'obscurité. L'homme debout les jambes écartées a fait dans l'humus sombre une flaque plus sombre où tourbillonnent une pâle écume et des brins de paille. Reboutonnant son jean, il se déplace le long du mur de la grange, lui-même moiré de lumière, une facétieuse fulgurance dans l'œil proche de la cloison.

Debout dans le renfoncement de la porte, il cligne des yeux. Derrière lui il y a une corde qui pend du grenier. Sa mâchoire hérissée de quelques poils se noue et se dénoue comme s'il mastiquait, mais il ne mastique pas. Ses yeux sont presque fermés face au soleil et à travers les minces paupières veinées de bleu on devine les globes qui bougent, regardent. Un homme en costume bleu qui fait des gestes à l'arrière du camion. Un stand de limonade qu'on est en train de monter. Les musiciens attaquant une gigue, pendant que la cour se remplit de gens et que le haut-parleur entame ses premières braillées.

Allez, tout l'monde là-haut, qui est-ce qui s'inscrit pour gagner des dollars sonnants. Oui, c'est là-haut que ça se passe. Vous aussi la p'tite dame ? Bon, d'accord. Par ici, m'ssieurs dames. Jessie ? Ça y est ? C'est d'accord, on peut y aller. Jess et les autres, ils sont allés ouvrir la maison pour ceux qui voudraient voir à l'intérieur. Ça roule. Il va y avoir de la musique dans une p'tite minute mais on voudrait qu'tout l'monde soit inscrit avant les tirages. Oui m'ssieurs dames ? Pour quoi, vous dites ? Oui m'ssieurs dames, c'est bien ça. Allez, tout le monde, on commence par les offres sur les terres et après on passera aux enchères sur le tout. Y en a des deux côtés de la route, ça va directo à travers la rivière jusqu'aux grands bois qui sont de l'autre côté. Oui m'ssieurs dames. On va commencer tout d'suite par ça.

Saluant, montrant du doigt, souriant. Le micro à la main. Parmi les pins sur la crête, le son de la voix du commissaire-priseur résonne en un écho assourdi, redondant. Illusion de voix multiples, chœur fantôme parmi les vieilles ruines.

Là aussi y a du bon bois de charpente. Et du beau encore. Il est p'têt pas encore bien haut parce qu'il y a eu une coupe y a vingt ans, mais faut voir aussi. Pendant que vous êtes couchés dans vot' lit la nuit, ces arbres-là, y continuent de pousser. Oui m'ssieurs dames. C'est vrai ça, y faut me croire. C'te propriété elle a d'l'avenir. Comme partout ailleurs dans c'te vallée. P'têt même davantage. Les gars, y a des possibilités illimitées sur un bout de terrain comme ça. Si j'avais encore des sous, j'me l'offrirais. Vous savez, mes sous, je les ai tous placés dans du terrain. Tout ce que je gagne, ça me vient de là. J'aurais un million de dollars que j'mettrais jusqu'au plus petit cent dans de la terre, dans les jours qui suivent. Sûr et certain. Ça va faire que monter. Un bout de terrain comme ça, honnêtement, j'crois qu'ça va aller chercher dans les dix pour cent de rendement. P'têt plus. P'têt même bien dans les vingt pour cent. Placés en banque, vos sous y vous donneront pas ça, j'ai pas besoin de vous dire. Y a rien de mieux que le terrain comme placement. La terre. Le dollar, y vaut plus c'qu'y valait. D'ici un an le dollar vaudra p'têt plus que cinquante cents. Tous autant que vous êtes, vous le savez bien. Mais pour c'qui est du terrain, ça grimpe, ça grimpe, ça grimpe.

Y a six ans, vous vous rappelez quand mon oncle a acheté la maison des Prater, tous les gens d'ici ont essayé de le décourager. Il l'a payée cent quatre-vingt-quinze c'te ferme. Il a dit : J'sais ce que je fais. Et vous savez ce qui s'est passé. Oui m'ssieurs dames. Il l'a revendue trente-huit mille. Un bout de terre comme celui-là... D'accord, il a besoin d'être remis en état. Il est tel que.

Oui. Mais les gars, vous pouvez doubler votre mise là-dessus. Un bout de terrain, surtout dans c'te vallée, c'est du solide. Solide comme une pièce d'un dollar. Et quand j'dis ça, faut me croire.

Dans les pins, les voix psalmodièrent une litanie égarée. Puis elles s'arrêtèrent. Un murmure parcourut la foule. Le commissaire-priseur avait tendu le micro à un autre homme. L'autre homme dit : CB, appelle le shérif qu'est là-bas.

Le commissaire-priseur lui fit signe de la main et se baissa vers l'homme qui se tenait devant lui. Un petit type, mal rasé, qui tenait maintenant un fusil.

Qu'est-ce tu veux Lester ?

Je t'ai d'jà dit. J'veux que t'enlèves ton sale cul de ma propriété. Et que tu remmènes ces crétins avec toi.

Fais gaffe à ce que tu dis, Lester. Y a des dames.

J'en ai rien à foutre des gens qui sont là.

C'est pas ta propriété.

Putain qu'ça l'est pas.

T'as déjà été au trou pour ça. Je parie que tu veux y retourner. Le shérif en chef est par là-bas.

J'm'en fous bien où qu'il est le shérif en chef. J'veux que tous autant que vous êtes, enfants de salauds, vous partiez de ma putain de propriété. T'entends ?

Le commissaire-priseur était assis sur ses talons à l'arrière du camion. Il baissa les yeux sur ses souliers, retira négligemment de la trépointe une plaque de boue séchée. Quand il les releva sur l'homme au fusil, il souriait. Il dit : Lester, si tu te reprends pas, ils vont te flanquer au cabanon.

L'homme recula d'un pas, le fusil dans une main. Il s'accroupit presque et il tendit sa main libre, les doigts écartés, en direction de la foule comme pour la retenir. Descends de ce camion, siffla-t-il.

L'homme sur le camion cracha et loucha vers lui.

Qu'est-ce tu cherches, Lester, à tirer sur moi ? J'te l'ai pas pris ton coin. C'est le comté qu'est responsable. Moi, j'ai juste été engagé comme commissaire-priseur.

Descends d'ce camion.

Derrière lui, les musiciens avaient l'air de groupes de porcelaine sur le stand de tir d'une ancienne foire de comté.

Il est dingue, CB.

CB dit : Tu veux tirer sur moi, Lester, vas-y tire sur moi là où j'suis. J'vais pas me déranger pour toi.

Lester Ballard a jamais réussi à garder la tête droite après c'coup-là. Ça a dû lui déboîter le cou d'une manière comme d'une autre. J'ai pas vu quand Buster l'a cogné, mais je l'ai vu allongé par terre. J'étais avec le shérif. Il était couché à plat dos, à regarder tout le monde avec des yeux torves et cette horrible patate sur la tête. Il restait simplement allongé, avec les oreilles qui saignaient. Buster était encore là, debout, sa hache à la main. Ils l'ont emmené dans la voiture du comté et CB a continué la vente aux enchères comme si de rien n'était, mais il a bien dit que ça avait empêché des gens de faire les offres qu'ils auraient faites autrement, c'est sans doute ce qu'avait cherché Lester, enfin, j'en sais rien. John Greer était de par là-haut dans le comté de Grainger. J'dis pas ça pour le critiquer, j'dis c'qui est.

Fred Kirby était assis sur ses talons dans la cour, devant la maison et à côté du robinet auprès duquel il se tenait en permanence, quand Ballard est passé par là. Ballard, de la route, leva les yeux vers lui et dit : Salut Fred.

Kirby fit un signe de la main et hocha la tête. Monte, Lester.

Ballard monta jusqu'au bord du talus et regarda vers l'endroit où Kirby était installé. T'aurais pas du whisky ?

Ça s'pourrait.

Tu pourrais pas m'en donner une bouteille ?

Kirby se leva. Ballard dit : J'te la payerai la semaine prochaine. Kirby s'accroupit de nouveau.

J'te la paye demain.

Kirby tourna la tête de côté, se prit le nez entre le pouce et l'index, moucha un paquet de morve jaune dans l'herbe et s'essuya les doigts sur le genou de son jean. Il regardait de l'autre côté des champs. J'peux pas, Lester.

Ballard se tourna à demi pour voir ce qu'il pouvait bien regarder par là, mais il n'y avait rien que les montagnes, toujours les mêmes ; il changea de pied d'appui et enfonça la main dans sa poche. Tu veux qu'on fasse un échange ? dit-il.

Ça va p'têt marcher. Qu'est-ce que t'as ?

J'ai ce canif.

Fais voir.

Ballard ouvrit le couteau et le lança d'une pichenette sur l'accotement auprès de Kirby. Il se ficha dans le sol à côté de sa chaussure. Kirby le contempla une minute, puis se baissa pour le prendre, le ramassa, en essuya la lame sur son genou et déchiffra le nom qui était dessus. Il le ferma, le rouvrit et rogna une fine lamelle de la semelle de son soulier. D'accord, dit-il.

Il se leva, mit le couteau dans sa poche et traversa la route en direction de la rivière.

Ballard le vit se mettre à chercher le long du champ, donner des coups de pied dans les buissons et le chèvrefeuille. Une ou deux fois il jeta un coup d'œil derrière lui. Ballard regardait ailleurs, en direction des collines bleues.

Au bout d'un moment, Kirby revint, mais sans whisky. Il rendit le canif à Ballard. J'arrive pas à le retrouver, dit-il.

T'arrives pas à le retrouver ?

Non.

Bon Dieu de merde.

J'irai en chercher plus tard. Je devais être bourré quand je l'ai planqué.

Où c'est que tu l'as caché ?

J'en sais rien. J'croyais pouvoir le retrouver directo, mais j'ai pas dû le mettre là où je pensais.

Merde alors.

Si je le trouve pas, j'irai en récupérer d'autre.

Ballard remit son couteau dans sa poche, fit demi-tour et retourna sur la route.

Tout ce qui restait des cabinets de la maison se réduisait à quelques débris de planches vermoulus envahis d'une mousse viridienne qui gisaient dans un trou peu profond d'où les mauvaises herbes poussaient en mutations démesurées. Ballard les longea, passa derrière la grange où il se fraya une trouée dans les touffes de datura et de belladone, et s'accroupit pour chier. Un oiseau chanta dans les fougères chaudes et empoussiérées. L'oiseau s'envola. Ballard s'essuya avec un bâton, se leva en remontant son pantalon tombé à terre. Déjà des mouches vertes escaladaient le colombin sombre et bosselé. Il reboutonna son pantalon et retourna vers la maison.

Dans cette maison il y avait deux pièces. Dans chaque pièce, deux fenêtres. Par-derrière se dressait un mur compact de mauvaises herbes aussi hautes que l'avant-toit de la maison. Devant il y avait une galerie et encore des herbes folles. De la route, distante d'un quart de mile, les voyageurs ne pouvaient en voir que le toit de bardeaux gris et la cheminée, rien de plus. Ballard foula l'herbe jusqu'à la porte de derrière. Un nid de frelons était suspendu à l'angle de la galerie, il le fit tomber d'un coup de poing. Les frelons s'en échappèrent un par un et s'envolèrent. Ballard entra et balaya le sol avec un bout de carton. Il balaya les vieux journaux, balaya dehors les crottes desséchées de renards et d'opossums, balaya les parcelles de boue couleur de brique tombées du plafond en bois avec les cocons noirs des chrysalides. Il ferma la fenêtre. L'unique carreau restant se détacha sans bruit du châssis rétracté pour lui tomber dans les mains. Il le déposa sur l'appui.

Dans l'âtre s'empilaient des briques et du mortier. Une moitié de chenet en fonte. Il jeta les briques dehors, balaya l'argile et, les mains sur les tibias, il tendit le cou pour voir à l'intérieur de la cheminée. Du carré de lumière chassieuse pendait une araignée. Une odeur âcre de terre et de fumée de bois refroidie. Il froissa des journaux en boule, les mit dans l'âtre et les enflamma. Ils brûlèrent lentement. De petites flammes crépitèrent, progressant, dévoreuses, le long des tranches et des bords. Les papiers noircirent, se recroquevillèrent, frissonnèrent et l'araignée descendant le long de son fil vint s'arrimer sur le sol du foyer couvert de cendres.

Tard dans l'après-midi, un maigre petit matelas de coutil souillé franchit le fourré en direction de la cabane. Il était plié en charnière sur la tête et les épaules de Lester Ballard dont les jurons étouffés à l'intention des salsepareilles et des ronces ne furent entendus de personne.

Lorsqu'il arriva à la cabane, il jeta le matelas par terre. Un cadre de poussière jaillit en panache du sol, se déroula le long des planches gondolées puis se déposa lentement. Ballard souleva le devant de sa chemise pour essuyer la sueur qui coulait de son front et de son crâne. Il avait l'air à demi fou.

A la nuit, tout ce qu'il possédait fut autour de lui dans la pièce dénudée. Il avait allumé une lampe qu'il avait posée au milieu du plancher et était assis devant, les jambes croisées. Il tenait un portemanteau embroché de rondelles de pommes de terre au-dessus de la lampe à gaz. Lorsqu'elles furent presque noires, à l'aide de son couteau il les fit glisser le long de la tige de fer sur une assiette, en piqua une, souffla dessus et mordit dedans. Il resta la bouche ouverte, à aspirer et à souffler de l'air, le morceau de pomme de terre calé sur ses dents du bas. Tout en la mâchant, il maudit la patate brûlante. Elle était crue au milieu, avait un goût de pétrole.

Lorsqu'il eut mangé la pomme de terre, il se roula une cigarette, l'alluma au-dessus du tremblant cône de gaz au bord de la lampe et demeura assis là, à aspirer la fumée, la laissant se dérouler hors de ses lèvres, de ses narines, tapotant négligemment la cendre avec son petit doigt dans le revers de son pantalon. Il étala les journaux qu'il avait rassemblés et marmonna au-dessus d'eux, formant les mots avec ses lèvres. Des nouvelles anciennes de gens morts depuis longtemps, des événements oubliés, des publicités pour des médicaments brevetés et du bétail à vendre. Il fuma la cigarette jusqu'à ce qu'elle ne soit plus qu'un mégot calciné entre ses doigts, jusqu'à ce qu'elle ne soit plus que cendres. Il baissa la lampe jusqu'à ce qu'une très faible lueur orange en teintât la partie basse et il secoua ses godillots, tomba le pantalon et la chemise et s'allongea sur le matelas, nu à part ses chaussettes. Des chasseurs avaient arraché la plupart des planches des murs intérieurs pour les brûler et du linteau dénudé au-dessus de la fenêtre pendaient une partie de l'abdomen et la queue d'un serpent noir. Ballard se rassit et remonta la lampe. Il se leva, réussit à atteindre pour y enfoncer le doigt le ventre bleu pâle du serpent. La bête se jeta en avant, tomba par terre avec un bruit mat, se déversant sur les planches comme de l'encre qui coule dans un caniveau, passa la porte et disparut. Ballard se rassit sur le matelas, baissa de nouveau la lampe et s'allongea. Il entendait les moustiques bourdonner vers lui dans la touffeur du silence. Il resta là, couché, l'oreille tendue. Au bout d'un moment, il se mit sur le ventre. Un peu après, il se leva et prit le fusil à l'endroit où il l'avait posé près de la cheminée, le coucha sur le plancher le long du matelas puis s'étendit de nouveau. Il avait très soif. Pendant la nuit, il rêva de noirs ruisseaux d'eau glacée de la montagne, couché là sur le dos, la bouche ouverte comme un mort.

Je me rappelle d'une chose qu'il a faite une fois. J'ai été élevé avec lui dans le dixième district. J'étais devant lui à l'école. Il avait perdu une balle de softball qui était allée rouler de la route dans le champ là-bas… c'était très loin dans un buisson de ronces et de machins et il a dit au fils Finney, il lui a dit d'aller la chercher. Finney était un p'tit peu plus jeune que lui. Il lui a dit comme ça : Va me chercher c'te balle. Le fils Finney y voulait pas. Lester s'est dirigé sur lui et il a dit : T'as intérêt à aller la chercher. Le fils Finney a répondu qu'il le ferait sûrement pas et Lester lui a demandé encore une fois, comme ça : Si tu descends pas me chercher c'te balle, j'te fous mon poing dans la gueule. Le Finney avait la trouille mais il lui a tenu tête, et lui a dit que c'était pas lui qui l'avait lancée par là. Bon, on était là, comme toi tu serais. Ballard aurait pu laisser tomber. Il voyait bien que le gars allait pas faire ce qu'il lui demandait. Il est resté là juste une minute et puis il lui a envoyé un coup dans la figure. Le sang a pissé du nez du fils Finney et il s'est assis sur la route. Juste une minute, et puis il s'est relevé. Quelqu'un lui a passé un mouchoir et il l'a mis sous son nez. Il était tout enflé et y saignait. Le fils Finney, il s'est contenté de regarder Lester Ballard et il a remonté la route. Je m'sentais, je m'sentais… j'sais pas comment dire. On s'est sentis vraiment mal à l'aise. J'ai jamais pu blairer Lester Ballard depuis ce jour-là. Je l'aimais pas beaucoup avant. Pourtant il m'a jamais rien fait.

Ballard était allongé dans la moiteur de la nuit, avec le cœur qui cognait contre la terre. Il surveillait une voiture garée à travers la frange clairsemée d'herbes penchées qui bordaient le terre-plein de la montagne de la Grenouille. A l'intérieur de la voiture une cigarette rougeoya puis s'éteignit, un disc-jockey nocturne accompagnait de propos badins le flirt sur la banquette arrière. Une boîte de bière ferrailla sur le gravier. Un oiseau moqueur qui était en train de chanter s'arrêta.

Il arriva du bord de la route en se baissant pour courir à grandes enjambées, ombre qui vint s'abattre sur le pare-chocs arrière froid et poussiéreux de la voiture. Le souffle court, les yeux écarquillés, l'oreille tendue pour distinguer les voix de celles de la radio. Une fille dit : Bobby. Puis elle le dit de nouveau. Ballard colla l'oreille contre le panneau arrière. La voiture se mit à se balancer doucement. Il se releva et risqua un œil dans l'angle de la vitre. Une paire de jambes blanches, dressées, enserraient une ombre, un noir incube qui s'arquait dans un rêve de désir luxurieux.

C'est un négro, murmura Ballard.

Oh Bobby, oh mon Dieu, dit la fille.

Ballard se déboutonna, et se libéra sur le pare-chocs.

Oh merde, dit la fille.

Sur ses genoux qui flageolaient, le voyeur regardait. L'oiseau moqueur se remit à chanter.

Un négro, dit Ballard.

Mais ce ne fut pas un visage noir qui surgit à la fenêtre, qui avait l'air si énorme là derrière la vitre. Pendant un moment, ils furent nez à nez et Ballard se laissa glisser sur le sol, le cœur battant. La musique de la radio s'arrêta dans un déclic assourdi et ne reprit pas. La portière s'ouvrit du côté opposé de la voiture.

Ballard, ombre simiesque en porte-à-faux et sans amour qui détalait à travers le terre-plein comme il était venu, sur la terre argileuse, parmi le fin gravier, parmi les boîtes de bière écrasées, les papiers et les capotes pourries.

T'as intérêt à te casser, espèce de salopard.

La voix vint s'échouer contre la montagne d'où elle fut renvoyée, égarée et dépouillée de menace. Puis il n'y eut plus rien que le silence et la splendeur profuse du chèvrefeuille dans l'air d'une nuit sombre de plein été. La voiture démarra. Les phares s'allumèrent, balayèrent le terre-plein et disparurent au bas de la route.

J'en sais rien. Ils disent qu'il n'a plus jamais été bien après que son paternel s'est trucidé. Il était fils unique. La mère s'était cavalée j'sais pas où, ni avec qui. C'est moi et Cecil Edwards qui l'avons détaché. Il s'est ramené à la boutique et a raconté ça comme tu dirais qu'il pleut dehors. On est montés là-haut et on est entrés dans la grange et j'ai vu les pieds qui pendaient. On a simplement coupé la corde, et on l'a laissé tomber par terre. Juste comme on détache de la viande. Il est resté là à regarder, le gosse, il a pas dit un mot. Il avait neuf ou dix ans à l'époque. Les yeux du vieux ressortaient comme ceux des écrevisses, avec la langue plus noire que celle d'un chow-chow. J'voudrais bien si un type veut se pendre qu'il le fasse avec du poison ou quelque chose pour que les gens n'aient pas à voir un truc comme ça.

Il était pas beau à voir non plus quand Greer en a eu fini avec lui.

Non. Mais du vrai sang qui coule, ça me fait rien. J'préfère voir ça plutôt que des yeux qui ressortent et tout ça.

J'vais te dire ce qu'il a fait, le vieux père Gresham, quand sa femme est morte et à quel point il était fou. Ils l'ont enterrée là-haut à Sixmile et le pasteur a dit quelques mots et puis il s'est tourné vers Gresham, lui a demandé est-ce qu'il voulait ajouter quelque chose avant qu'y jettent la terre sur elle, et le vieux Gresham, y s'est levé, avec son chapeau dans ses mains et tout. Tout debout, là, y s'est mis à chanter le blues des gars qui sont dans le merdier. Ouais, ce blues-là. Non, je connais pas les paroles mais j'te jure qu'il les a chantées en entier avant de se rasseoir. Mais à côté de Lester Ballard, sa dinguerie c'était rien.

Y aurait-il eu plus noires provinces de la nuit qu'il les eût trouvées. Couché, avec les doigts enfoncés dans le trou de ses oreilles pour se protéger du piaulis strident des myriades de grillons noirs avec lesquels il faisait toit commun dans la cabane misérable. Une nuit, à moitié endormi sur son grabat, il entendit quelque chose détaler à travers la pièce, une forme spectrale qui bondit, par la fenêtre ouverte (ce qu'il vit en se redressant avec peine). Il resta là assis à la chercher des yeux mais elle avait disparu. Il entendit des chiens courants hurler à pleine voix, puis des gémissements de torture et des glapissements de quasi-agonie qui montaient de la rivière, de la vallée. Ils envahirent la cour de la cabane dans un charivari de hurlements de soprano et de broussailles écrasées. Ballard, debout, tout nu, vit dans la pâle clarté des étoiles la porte d'entrée se remplir jusqu'en haut de chiens qui braillaient. Ils restèrent là un moment, frémissant tableau de fourrure pie, et déferlèrent, remplissant la pièce dont ils firent une fois le tour en une masse croissante de chien sur chien, et s'échappèrent par la fenêtre, hurlement sur hurlement, emportant d'abord les montants puis le châssis, laissant un trou carré et nu dans le mur et un tintement de cloche à son oreille. Tandis qu'il restait là à jurer, deux autres chiens entrèrent par la porte. Au passage, il donna un coup de pied à l'un d'eux et s'esquinta les orteils sur une croupe maigre. Il sautillait sur un pied en criant quand un dernier chien entra dans la pièce. Il lui tomba dessus et le saisit par une patte de derrière. L'animal émit un hurlement pitoyable. Ballard le frappa du poing à l'aveuglette, à grands coups mats de tambour qui résonnèrent dans la pièce presque vide au milieu de jurons et de gémissements désespérés.

Il gravissait une méchante piste à travers les bois de la carrière où gisent partout alentour d'énormes blocs et des plaques de pierre grise et patinée, envahis de mousse vert sombre, monolithes renversés parmi les arbres et les vignes comme les vestiges d'une race humaine plus ancienne. Un jour d'été pluvieux. Il longea un sombre lac de jade silencieux dont les parois moussues s'élevaient abruptes, à la verticale ; un petit oiseau bleu était perché de guingois sur un hauban, dans le vide.

Ballard braqua le fusil sur l'oiseau mais quelque chose comme un pressentiment ancien le retint. Peut-être l'oiseau le devina-t-il aussi. Il s'envola. Petit. Minuscule. Enfui. Les bois étaient pleins de silence. Ballard abaissa le chien du fusil avec le gras du pouce et l'arme posée sur le cou comme un joug, les mains retombant sur le canon et la crosse, il remonta la route de la carrière. La boue regorgeant de boîtes de conserve piétinées, de casseaux de verre. Les buissons jonchés d'ordures. Là-bas, à travers les bois, un toit et de la fumée qui sortait d'une cheminée. Il arriva dans une clairière où deux voitures gisaient, retournées, de chaque côté de la route comme deux sentinelles échouées et il dépassa de grandes levées de rebuts et d'immondices pour atteindre la cabane située à la lisière de la décharge. Une compagnie de chats qui se chauffait au pâle soleil le regarda passer. Ballard pointa son fusil sur un gros matou tavelé et dit : Boum. Le chat le regarda d'un air indifférent. L'air de penser qu'il n'était pas très fin. Ballard lui cracha dessus, il s'essuya immédiatement le crâne d'une patte insistante et entreprit sa toilette. Ballard s'engagea dans le chemin qui montait parmi les détritus et les pièces de voiture.

Le gardien de la décharge avait pondu neuf filles et leur avait donné des noms tirés d'une vieille encyclopédie médicale glanée dans les ordures qu'il triait. Cette progéniture dégingandée aux aisselles fournies de longs poils noirs restait vautrée, oisive et l'œil rond, à longueur de journée sur des chaises et des cageots au hasard de la cour débarrassée du dépotoir, tandis que leur maternelle, harassée, les appelait l'une après l'autre pour l'aider aux corvées et que l'une après l'autre elles haussaient les épaules ou battaient de languides paupières. Urethra, Cerebella, Hernia Sue. Elles se déplaçaient comme des chattes et, comme des chattes en chaleur, attiraient les soupirants du coin vers leur tas de fumier jusqu'à ce que le vieux se mît à sortir la nuit et à tirer une volée de plombs au hasard, histoire de purifier l'atmosphère. Il était incapable de dire laquelle était l'aînée ou leur âge et il ne savait pas si elles devaient sortir avec des garçons ou non. Comme des chattes, elles devinaient sa perplexité. Elles rentraient et repartaient à n'importe quelle heure dans toutes sortes de guimbardes minables, en un carrousel dissolu de conduites intérieures pourries et de décapotables redécorées à la nègre, avec feux arrière bleus, klaxons chromés et queues de renard, dés géants ou mascottes en fausse fourrure sur le tableau de bord. Toutes rafistolées avec des pièces détachées, surbaissées et rebondissant dans les ornières. Pleines de gars de la campagne efflanqués avec de grandes bites et de grands pieds.

Elles tombèrent enceintes les unes après les autres. Il les battit. La femme pleurait, pleurait. Il y eut trois naissances cet été-là. La maison se remplissait, les deux chambres, la caravane. Les gens dormaient partout. L'une d'elles ramena à la maison ce qu'elle prétendit être un mari mais il ne resta qu'un jour ou deux et ils ne le revirent jamais. Celle de douze ans se mit à gonfler. L'air commença à sentir le renfermé. Devint rance et fétide. Il trouva un monceau de guenilles dans un coin. De petits tas de merde jaune enveloppés et déposés là. Un jour, dans les bois et dans la jungle de ku-dzus de l'autre côté de la décharge, il tomba sur deux silhouettes qui pompaient. Il espionna, caché derrière un arbre, et finit par reconnaître une de ses filles. Il essaya de ramper vers eux mais le jeune type était sur ses gardes, il bondit et disparut à travers bois en remontant son pantalon. Le vieux se mit à battre la fille avec le bâton qu'il tenait. Elle l'agrippa. Il fit la culbute. Ils roulèrent ensemble dans les feuilles. Chaude puanteur de poisson de ses reins revigorés. Sa culotte couleur pêche pendait à un buisson. L'air autour de lui se chargea d'électricité. Tout ce qu'il comprit bientôt, c'est que son bleu était au bas des genoux et qu'il la montait. Papa arrête, dit-elle. Papa. Oooh.

Il a déchargé dans toi ?

Non.

Il se retira, prit son membre à pleine poigne et fit gicler sa purée sur la cuisse de la fille. Putain de toi, dit-il. Il se leva, remonta son bleu et retourna pesamment comme un ours vers la décharge.

Puis il y eut Ballard. Il arrivait par le chemin, l'œil rétréci, l'indifférence étudiée et le fusil à la main ou sur les épaules, ou alors il s'asseyait avec le vieil homme sur le canapé défoncé dans la cour, buvant avec lui à même un bocal de whisky tord-boyaux d'un demi-gallon, passant et repassant une patate crue en guise de pousse-gnôle pendant que, de la cabane, les cadettes regardaient en douce et gloussaient. Il avait des vues sur une longue fille blonde aux flancs plats qui s'asseyait les jambes relevées de telle sorte qu'on puisse voir sa culotte. Elle riait tout le temps. Il ne l'avait jamais vue porter de chaussures, mais elle avait une culotte de couleur différente pour chaque jour de la semaine et des noires pour le samedi.

Quand Ballard est passé devant la caravane, c'est justement celle-là qui étendait la lessive. Il y avait un homme avec elle, assis sur un fût métallique, il se retourna, loucha vers Ballard et dit quelque chose. La fille lui fit une moue, un clin d'œil, puis rejetant la tête en arrière, se mit à rire comme une folle. Ballard grimaça un sourire, tapant le côté de sa jambe avec le canon du fusil.

T'as dit quèque chose, tête d'œuf, dit-elle.

Qu'est-ce qui te fait rire ?

Qu'est-ce tu regardes ?

Ben, pour commencer, y regarde les gentils p'tits nénés que voilà, dit le type sur le fût.

Tu veux les voir ?

Sûr, dit Ballard.

Donne-moi une pièce.

J'en ai pas.

Elle rit.

Il restait là à sourire.

Combien que t'as ?

J'ai une pièce de dix cents.

Bon, t'empruntes deux cents et demi et j't'en montre un.

J'te les filerai juste plus tard, dit Ballard.

Tu dis qu'tu veux m'enfiler ? dit la fille.

J'ai dit filerai, dit Ballard en rougissant.

Le type sur le tonneau se claqua la cuisse. Attention, dit-il. Qu'est-ce t'as à montrer à Lester pour dix cents ?

Il en a d'jà vu pour un demi-dollar.

Dis donc. J'ai rien vu.

T'as pas besoin de rien voir, dit-elle, se baissant pour prendre un linge mouillé dans la bassine pour le secouer, Ballard essayant de plonger dans le décolleté de sa robe. Elle se redressa. Juste de quoi raidir ta chiffe, dit-elle, lui tournant le dos et se remettant à rire de ce rire soudain à moitié dingue.

J'parie qu'un chat s'y casserait les dents, j'ai pas raison, Lester ?

J'ai pas de temps à perdre avec vous, les gars, dit la fille, se retournant avec un sourire et ramassant sa bassine. Elle releva la hanche, cala la cuvette dessus et les regarda. Au-delà de la petite caravane, le vieil homme marchait sur fond de ciel en roulant un pneu et une colonne torse de fumée noire nauséabonde s'éleva d'un tas de résidus de vieux caoutchouc qui brûlaient. Merde, dit-elle. Plus que j't'en donnerais, plus que t'en voudrais.

Ils la regardèrent monter nonchalamment la colline en direction de la maison. J'aimerais bien courir le risque, dit l'homme. Pas toi, Lester ?

Ballard dit qu'il aimerait bien.

L'assistance à l'église de Sixmile se retournait d'un seul coup comme une troupe de marionnettes dès que la porte s'ouvrait derrière elle, à n'importe quel moment de l'office en cours. Quand Ballard entra avec son chapeau à la main et ferma la porte pour aller s'asseoir tout seul sur le dernier banc, elle se retourna plus lentement. Une houle de chuchotements la parcourut. Le pasteur s'interrompit. Pour justifier son silence, il se versa un verre d'eau du pichet posé sur le pupitre et but, puis reposa le verre et s'essuya la bouche.

Mes frères, poursuivit-il, laïus biblique à l'intention de Ballard qui lisait les annonces sur le panneau au fond de l'église. Les offrandes de cette semaine. Les offrandes de la semaine dernière. Six dollars et soixante-quatorze cents. Le nombre de présents. Dehors, un pic-vert martela une gouttière, toutes les têtes, comme mues par des ficelles, tendirent l'oreille et se tournèrent vers l'oiseau pour réclamer le silence. Ballard avait un rhume, il renifla bruyamment pendant le service mais personne ne s'attendait à ce qu'il s'arrêtât, même si Dieu en personne se retournait pour le regarder de travers, alors personne ne se retourna.

A la fin de l'été, il y eut des perches dans la rivière. Ballard allait de mare en mare sur le versant au soleil couchant, les scrutant à travers les buissons. Depuis des semaines il avait connu un régime de maïs volé et de trucs poussés l'été dans les jardins, en dehors des quelques grenouilles qu'il avait tirées à la carabine. Il s'agenouilla dans l'herbe haute et parla aux poissons, là où ils se tenaient dans l'eau transparente sur leurs nageoires onduleuses. En voilà de beaux gros fils de pute, dit-il.

Il avança à franches enjambées vers la maison. Quand il revint, il avait le fusil. Il se fraya un chemin le long de la rivière, se faufilant à travers les roseaux et les ronces. Il vérifia le soleil pour voir s'il ne l'aurait pas dans l'œil, progressant à quatre pattes, le fusil armé. Il jeta un regard furtif par-dessus la berge. Puis il se redressa sur les genoux. Puis se remit debout. En amont, au-dessous du gué le bétail de Waldrop était dans l'eau jusqu'au ventre.

Hé, vous, saloperies, croassa Ballard. La rivière était rouge d'une boue épaisse. Il leva le fusil, le braqua et fit feu. Les bêtes virèrent, se soulevèrent, les yeux blancs. L'une d'entre elles se dirigea vers la berge, la tête bizarrement penchée. Arrivée au bord, elle glissa et tomba, se releva. Ballard la surveillait, la mâchoire nouée. Ah, merde, dit-il.

J'vais te dire aut' chose qu'il a faite une fois. Il y avait cette vieille vache qui voulait pas lui obéir, y pouvait rien en tirer. Il l'a poussée, tirée, frappée jusqu'à tant qu'il en puisse plus. Il est parti emprunter le tracteur de m'sieu Helton et il est revenu par ici, a jeté une corde à la tête de la vieille vache et a démarré sur le tracteur aussi fort qu'il a pu. Quand il y a plus eu de mou, ça lui a comme qui dirait carrément arraché la tête. Rompu le cou dis donc, ça l'a tuée sur place. Demande voir à Floyd.

Je sais pas comment qu'il tenait Waldrop pour que Waldrop l'ait jamais poursuivi. Même après qu'il lui a brûlé sa baraque, il lui a jamais rien dit, à ce que je sais.

Ça me rappelle le fils Trantham qu'avait ces vieux bœufs à la foire d'ici, y a un an ou deux. Y voulaient rien entendre et ils ont pas voulu avancer jusqu'à tant qu'il leur foute le feu dessous. Les bœufs, ils ont regardé c'qui se passait et quand ils ont vu ça, ils ont avancé d'à peu près cinq pas, puis y se sont encore arrêtés. Le fils Trantham regarde et v'là-t-y pas que l'feu avait pris directo sous le chariot. Il s'est mis à gueuler, et puis il a crapahuté sous l'chariot pour battre le feu avec son chapeau, c'est à ce moment-là que les bœufs ont redémarré. Y lui sont passés dessus avec le chariot, dis donc, et ils lui ont comme qui dirait cassé les deux pattes. Tu peux pas savoir qu'est-ce qu'elles étaient carnes ces bêtes-là.

Arrive donc Lester, dit le gardien de la décharge.

Ballard arrivait, on n'avait pas besoin de le lui demander. Comment va, Reubel, dit-il.

Ils s'assirent sur le canapé et regardèrent par terre, le vieux martelant le sol de son bâton, Ballard tenant son fusil tout droit entre les deux genoux.

Quand c'est qu'on va encore tirer des rats ? dit le vieux.

Ballard cracha. Quand vous voulez, dit-il.

Y vont bientôt nous foutre dehors d'ici.

Ballard glissa un œil vers la maison où il avait vu une fille à moitié nue traverser l'ombre. Un bébé était en train de pleurer.

Tu les aurais pas vues, des fois ?

Qui ça ?

Hernia et l'avant-dernière.

Où est-ce qu'elles sont ?

J'en sais rien, dit le vieux. Elles se sont barrées, je pense. Ça fait trois jours.

La blonde ?

Ouais. Elle et Hernia. J'pense qu'elles se sont barrées avec ces p'tits mecs.

Ah bon, dit Ballard.

Je sais pas ce qui les rend si intenables, ces filles. Leur grand-mère était la plus belle punaise de sacristie que t'aies jamais vue. Où tu vas, Lester ?

Y faut que j'y aille.

Vaut mieux pas se presser en pleine chaleur.

Ouais, dit Ballard. J'm'en vais faire un tour par là.

Si tu vois des rats, oublie pas de tirer d'ssus.

Si j'en vois, oui.

T'en verras.

Un chien le suivit sur la route de la carrière. Ballard émit un petit sifflement sec, claqua des doigts et le chien vint lui renifler le poignet. Ils s'en allèrent sur la route.

Ballard descendit jusqu'au fond asséché de la carrière par des marches de pierre géantes. Les hautes parois de rocher avec leurs faces cannelées et leurs trous biseautés formaient un énorme amphithéâtre autour de lui. Les vestiges d'un vieux camion gisaient, rouillés, dans le chèvrefeuille. Il traversa le sol inégal, parmi les éclats et épaufrures de pierre. Le camion avait l'air d'avoir été mitraillé. A l'extrémité de la carrière, il y avait une décharge de cailloux et Ballard s'arrêta pour chercher des objets, penchant de vieux poêles et de vieux chauffe-eau, examinant des pièces de vélo et des seaux rouillés. Il récupéra un couteau de cuisine usé au manche, tout mâchouillé. Il appela le chien, sa voix se relayant de rocher en rocher pour revenir ensuite.

Lorsqu'il reprit la route, un vent s'était levé. Une porte battait quelque part, bruit inquiétant dans le bois désert. Ballard remonta la route. Il passa devant un abri en tôle rouillée, et au-delà, devant une tour de bois. Il leva les yeux, tout en haut, sur la tour, une porte s'ouvrait en grinçant pour se refermer avec fracas. Ballard regarda autour de lui. Des plaques de tôle s'entrechoquaient et claquaient, une poussière blanche s'envolait de la cour déserte voisine de l'abri de la carrière. Ballard plissa les yeux dans la poussière tandis qu'il remontait la route. Lorsqu'il atteignit la route du comté, un crachin se mit à tomber. Il appela de nouveau le chien et attendit, puis continua son chemin.

Le temps changea du jour au lendemain. Avec l'automne le ciel tourna au bleu le plus bleu qu'il eût jamais connu. Ou dont il eût le souvenir. Il resta assis des heures dans les laîches ventées, le soleil dans le dos. Comme s'il voulait en emmagasiner la chaleur pour l'hiver à venir. Il regardait un cueilleur de maïs qui parcourait les champs en maugréant ; le soir, il allait en compagnie des tourterelles faire de la récupération parmi les tiges rongées et brisées et il en ramassait plusieurs sacs qu'il emportait dans la cabane avant la nuit.

Les feuillus sur la montagne virèrent au jaune, au rouge de flamme, puis à l'ultime nudité. Un hiver précoce survint, un vent froid fit des bruits de succion parmi les branches noires et dénudées. Seul dans la coque vide d'une maison, le squatter regardait à travers le verre bullé un fragment du limbe d'une lune couleur d'os qui s'élevait d'un berceau de térébinthes noirs sur la crête, arbres d'encre qu'une main habile avait esquissés sur le fond d'obscurité diluée des cieux hivernaux.

Un homme livré à lui-même. Des buveurs venus consommer chez Kirby le voyaient traîner sur la route, la nuit, solitaire, le fusil pendant au bout de son bras comme si ç'avait été une chose qui faisait partie de lui.

Il maigrit, devint mauvais.

Fou, dirent certains.

Il était sous une mauvaise étoile.

Il se tenait aux carrefours à écouter les chiens des autres gens sur la montagne. Silhouette à la misérable arrogance dans les phares des quelques rares voitures qui passaient. Dans leurs spirales de poussière, il les injuriait, marmonnait ou crachait sur eux, ces hommes aux épaules étroites dans de vieilles conduites intérieures hautes sur pattes avec fusils, bouteilles de whisky entre eux et chiens couchants étiques lovés sur leur coffre en carapace de tortue.

Par un froid matin sur le terre-plein de la montagne de la Grenouille, il trouva une femme en chemise blanche, endormie sous les arbres. Il l'observa un moment pour voir si elle était morte. Il lança une pierre ou deux, l'une d'elles lui toucha la jambe. Elle s'agita lourdement, les cheveux tout emmêlés de feuilles. Il se rapprocha. Il pouvait voir ses seins lourds étalés sous le mince tissu de la chemise de nuit et il devinait la toison de poils sombres au-dessous de son ventre. Il s'agenouilla pour la toucher. Sa bouche molle se tordit. Ses yeux s'ouvrirent. Ils semblèrent s'ouvrir à l'envers avec des sous-paupières comme celles d'un oiseau et leurs globes étaient injectés de sang. Elle s'assit brusquement, une odeur douceâtre de whisky et de pourriture émanant d'elle. Sa lèvre s'effaça dans un rictus félin. Qu'est-ce que tu me veux, sale type ? dit-elle.

Vous avez pas froid ?

Qu'est-ce que ça peut te foutre ?

Rien, j'en ai rien à foutre.

Ballard s'était relevé et se tenait au-dessus d'elle avec le fusil.

Où est-ce que sont vos affaires ?

Elle se leva, recula en titubant pour retomber brutalement assise parmi les feuilles. Puis elle se releva. Elle restait là, chancelante, à le considérer d'un air furibond, les yeux gonflés, les paupières lourdes. Sale type, dit-elle. Elle regarda autour d'elle. Avisant une pierre, elle se baissa prestement pour la ramasser et le tint en respect.

Les yeux de Ballard se rétrécirent. Vous feriez mieux de lâcher cette pierre, dit-il.

Essaye un peu voir de me la faire lâcher.

J'ai dit par terre.

Elle brandit la pierre de façon menaçante. Il fit un pas en avant. Elle leva la pierre et l'en frappa sur la poitrine, puis elle se couvrit la figure de ses mains. Il la gifla si fort qu'elle fit un tour complet sur elle-même avant de se retrouver face à lui. Elle dit : J'en étais sûre.

De la main Ballard se toucha la poitrine et jeta rapidement un coup d'œil pour voir s'il y avait du sang mais il n'y en avait pas. Elle avait le visage caché dans ses mains. Il attrapa une bretelle de sa chemise et donna un coup sec. Le fin tissu se déchira jusqu'à la taille. Elle lâcha son visage pour se cramponner à sa chemise. Ses mamelons étaient durs et bleus de froid. Arrête, dit-elle.

Ballard saisit un pan de la rayonne à pleine main et l'arracha. Ses jambes se dérobèrent sous elle et elle s'assit dans l'herbe piétinée et gelée. Il plia le vêtement sous son bras et recula. Puis fit demi-tour et continua son chemin. Elle resta complètement nue par terre, à le regarder partir, en le traitant de tous les noms, dont aucun n'était le sien.

Fate est un type correct. Il a son franc-parler mais je l'aime bien. J'ai fait des tas de virées avec lui. Je me rappelle qu'une nuit, sur la montagne de la Grenouille, il y avait une voiture qu'était garée là-bas, sur le terre-plein, Fate a braqué les phares dessus et il est allé y voir. Le type dans la voiture, il était tout béni-oui-oui. Il y avait cette fille avec lui. Il lui a demandé son permis au gars, et le gars il a cherché un sacré bon moment, il arrivait pas à retrouver son portefeuille ni rien. Fate a fini par lui dire : Sors donc de là. Il paraît que la nénette qu'était assise là était blanche comme un drap. Bon, le gars, il ouvre la porte et il sort dehors. Fate le regarde, puis il m'appelle et il dit : John, viens donc voir ça.

Je suis monté et le gars, voilà qu'il se tient à côté de la voiture les yeux baissés et le shérif, il baisse aussi les yeux et braque sa lampe sur lui. On est tous là à le regarder le pauvre gars parce qu'il a son falzar à l'envers. Les poches pendent dehors tout autour. L'avait l'air complètement dingue. Le shérif lui a simplement dit de s'en aller. Y lui a demandé s'y pouvait conduire comme ça. Voilà le genre de type que c'est.

Quand Ballard est sorti sur la galerie, il y avait un type mince à la mâchoire défoncée qui était là, assis sur ses talons, à l'attendre dans la cour.

Qu'est-ce tu racontes de beau, Darfuzzle, dit Ballard.

Qu'est-ce tu racontes de beau, Lester.

Il parlait comme quelqu'un qui aurait eu la bouche pleine de billes, articulant laborieusement à l'aide d'une mâchoire de chèvre, la sienne ayant été emportée par un coup de feu.

Ballard s'accroupit sur ses talons, dans la cour, en face de son visiteur. On aurait dit deux gargouilles constipées.

Y disent que t'as trouvé cette bonne femme sur le terre-plein ?

Ballard renifla. Quelle bonne femme ? dit-il.

Celle qu'a été larguée là-bas. En chemise de nuit.

Ballard tira sur la semelle décollée de sa chaussure. Je l'ai vue, dit-il.

Elle a été voir le shérif.

Ah bon ?

L'autre type s'est tourné pour cracher, puis a de nouveau regardé Ballard. Ils ont arrêté Pless.

Ça c'est votre problème. J'ai rien à voir avec elle.

Elle dit que si.

C'est qu'une chiée menteuse.

Le visiteur se leva. Je pensais juste qu'y fallait que j't'en parle, dit-il. Tu fais c'que tu veux.

Le shérif du comté de Sevier franchit les portes du palais de justice et fit une pause sous le portique pour examiner la pelouse grise en contre-bas, avec ses bancs et la confrérie du canif qui se rassemblait là pour tailler ses bouts de bois, rouspéter et cracher à qui mieux mieux. Il se roula une cigarette, remit le paquet de tabac dans la poche-poitrine de sa chemise cintrée, alluma sa cigarette et descendit les marches, avec l'œil étréci du propriétaire qui étudie l'aspect matinal de sa modeste juridiction de montagne.

Un homme ouvrit la porte et l'appela ; le shérif se retourna.

M'sieu Gibson vous cherche, dit l'homme.

Vous ne savez pas où je suis.

Entendu.

Mais où est Cotton, bon Dieu ?

Il est parti chercher la voiture.

Il ferait mieux de ramener ses fesses par ici.

Il arrive, Shérif.

Le shérif se retourna et avança dans la rue.

Bonjour Shérif.

Bonjour.

Bonjour Shérif.

Ho. Comment ça va.

Il jeta sa cigarette dans la rue, monta dans la voiture et tira la portière sur lui. Bonjour Shérif, dit le conducteur.

On va chercher le p'tit branleur, dit le shérif.

Bill Parsons et moi, on allait partir tirer le piaf ce matin, mais j'crois que c'est foutu.

Bill Parsons ?

Il a une paire de bons chiens.

Ah ouais. Il a toujours les meilleurs chiens. Je me rappelle un chien qu'il avait, une fois, qui s'appelait Suzie, il disait que c'était un chien de chasse sensationnel. Il la fait sortir du coffre, je la regarde et je dis : Je crois que Suzie n'a pas trop la forme. Il la regarde, lui tâte la truffe et tout. Il dit qu'à son avis elle va bien. Je lui dis comme ça : Je crois simplement qu'elle est pas vraiment en forme aujourd'hui. On est partis, on a chassé tout l'après-midi et on n'a tué qu'un seul oiseau. En revenant vers la voiture, le Bill il me fait : Tu sais, c'est drôle que t'aies remarqué que Suzie n'était pas bien aujourd'hui. T'as vraiment l'œil. J'ai dit : Ecoute, Suzie, elle était naze aujourd'hui. Il répond : Oui, en effet. Je dis : Suzie, elle était naze hier. Suzie a toujours été naze. Suzie sera toujours naze. Suzie est une chienne naze.

Il vit le shérif s'arrêter sur la route à un quart de mile de là, le regarda trouer un véritable mur de ronces et de mauvaises herbes sèches au bord de la route puis arriver, les bras et les coudes en l'air, en piétinant la broussaille au passage. Lorsqu'il parvint à la maison, son pantalon bien coupé et impeccablement repassé était plein de poussière, défraîchi, tout couvert de gaillets et de gratte-culs secs et il n'avait pas l'air content.

Ballard se tenait debout sur la galerie.

Allons-y, dit le shérif.

Où ça ?

Tu ferais mieux de descendre tes fesses de cette galerie.

Ballard cracha et cessa de s'appuyer sur le poteau de la galerie. Vous avez gagné, dit-il. Il descendit les marches, les mains dans les poches arrière de son jean.

Un type comme toi qui a du temps libre, dit le shérif. Tu ne vas pas rechigner à nous donner un coup de main, à nous autres les travailleurs, pour débrouiller un petit malentendu. Par ici, m'sieu.

Par ici, dit Ballard. Il y a un chemin, au cas où vous le sauriez pas.

Ballard, dans un fauteuil pivotant en chêne verni. Il se tient renversé en arrière. La porte est en verre granité.

Des ombres s'y dessinent. La porte s'ouvre. Un adjoint entre et se retourne. Il y a une femme derrière lui. Quand elle aperçoit Ballard, elle se met à rigoler. Ballard tend le cou pour la voir. Elle franchit la porte et reste devant lui à le regarder. Il baisse les yeux sur ses genoux. Il se met à se gratter le genou.

Le shérif se lève de son bureau. Ferme la porte, Cotton.

Ce salaud-là, dit la femme, montrant Ballard du doigt. D'où est-ce que vous avez bien pu le sortir, bon Dieu ?

Ce n'est pas lui ?

Si. C'est celui, celui qui… C'est les deux autres salauds que je veux faire coffrer. Ce salaud-là… elle lève les mains, en signe de dégoût.

Ballard traîna un talon sur le plancher. J'ai rien fait, dit-il.

Vous vouliez déposer une plainte contre cet homme, oui ou non ?

Puisque j'vous le dis.

De quoi vous vouliez l'accuser ?

De viol, pardi.

Ballard ricana bêtement.

De coups et blessures aussi, espèce de salaud.

C'est qu'une vieille roulure.

La vieille roulure gifla Ballard sur la bouche. Ballard se leva de la chaise pivotante et entreprit de l'étrangler. Elle lui mit un coup de genou dans le bas-ventre. Ils s'empoignèrent. Tombèrent à la renverse, en entraînant une corbeille à papier métallique. Un portemanteau bascula avec tout son poids de manteaux. L'adjoint du shérif saisit Ballard au collet. Ballard tournoya. La femme hurla. Ils s'écrasèrent tous trois sur le plancher.

L'adjoint coinça le bras de Ballard derrière lui. Il était livide.

Espèce de sale pute, dit Ballard.

Attrape-la, dit le shérif. Attrape…

L'adjoint avait un genou au creux des reins de Ballard. La femme s'était remise debout. Elle releva les coudes, prit son élan et donna un coup de pied dans la tempe de Ballard.

Allons, dit l'adjoint. Elle lui décocha un autre coup. Il lui saisit le pied et elle tomba assise par terre. Bon Dieu, Shérif, faites quelque chose, retenez-les, lui ou elle.

Bande de salopards, dit Ballard. Il était au bord des larmes. Vous êtes tous des fumiers.

J'vous parie, dit la femme, que j'lui fais sauter ses saletés de breloques. L'ordure.

Neuf jours et neuf nuits à la prison du comté de Sevier. Des haricots blancs au lard, des légumes à l'eau et des sandwiches à la mortadelle, avec du pain en tranches. Ballard trouva la chère assez bonne. Il aima même le café.

Ils avaient mis un négro dans la cellule d'en face et ce négro, il chantait tout le temps. Il était retenu en prison sous le coup d'un mandat d'amener. Au bout d'un jour ou deux, Ballard se mit à lui parler. Il dit : Comment c'est ton nom ?

John, dit le négro. John le négro.

D'où tu viens ? T'es en cavale, ou quoi ?

J'suis de Pine Bluff dans l'Arkansas et j'me sauve des manières de ce monde. Je me sauverais de ma tête si j'avais de la neige.

T'es là pour quoi ?

J'ai tranché le cou d'un salaud avec un couteau.

Ballard attendit qu'on l'interroge sur son crime, mais on ne lui demanda rien. Au bout d'un moment, il dit : J'suis supposé avoir violé cette bonne femme. Pour commencer, c'était qu'une vieille roulure.

La chatte blanche, ça cause que des ennuis.

Ballard tomba d'accord là-dessus. Il l'avait sûrement déjà pensé mais il l'avait jamais entendu exprimer comme ça.

Le Noir, assis sur sa couchette, se balançait d'avant en arrière. Il fredonnait :

Je veux rentrer à la maison,
Je veux rentrer comme un con,
Je veux rentrer à la maison.

Tous les ennuis que j'ai eus, dit Ballard, ç'a été à cause du whisky et des bonnes femmes ou les deux. Il avait souvent entendu des types dire ça.

Tous les ennuis que j'ai eus, c'est parce que je me suis fait gauler, dit le Noir.

Une semaine plus tard, le shérif descendit le couloir, un jour, et emmena le nègre. Je veux rentrer à la maison, chantait le nègre.

Pour ce qui est de rentrer, tu vas rentrer, dit le shérif. Même que ce sera auprès de ton créateur.

Je veux rentrer comme un con, chantait le nègre.

T'inquiète pas, dit Ballard.

Le nègre ne dit pas s'il s'inquiéterait ou non.

Le jour suivant le shérif revint et s'arrêta devant la cage de Ballard qu'il regarda avec insistance. Ballard en fit autant. Le shérif avait une paille entre les dents et il la retira pour parler. Il dit : D'où venait cette femme ?

Quelle femme ?

Celle que tu as violée.

Vous voulez dire cette vieille roulure ?

D'accord. Cette vieille roulure.

J'sais pas. Bon Dieu comment j'pourrais savoir d'où qu'elle vient ?

Elle venait du comté de Sevier ?

J'sais pas, bon Dieu.

Le shérif le regarda, remit la paille entre ses dents et s'en alla.

Ils vinrent pour Ballard le lendemain matin, le gardien et l'agent de la sécurité.

Ballard, dit le gardien.

Ouais.

Il suivit l'agent le long du couloir. Le gardien arrivait derrière. Ils descendirent, Ballard s'appuyant sur la rampe métallique tubulaire. Ils sortirent et traversèrent un parking pour se rendre au palais de justice.

Ils le firent asseoir sur une chaise dans une pièce vide. Il pouvait voir une mince bande de couleur et de mouvement dans l'interstice des doubles portes et il entendit vaguement des procès en cours. Au bout d'une heure, à peu près, l'agent entra et de son index replié fit signe à Ballard de venir. Ballard se leva, franchit les portes et prit place sur un banc derrière une rambarde.

Il entendit son nom. Il ferma les yeux. Les rouvrit. Un homme en chemise blanche, devant le bureau, le regarda, regarda des papiers puis regarda le shérif. Depuis quand ? dit-il.

Ça fait une semaine ou plus.

Bon, dites-lui de s'en aller.

L'agent arriva et ouvrit le portillon et se pencha vers Ballard. Vous pouvez partir, dit-il.

Ballard se leva, franchit le portillon, traversa la pièce en direction d'une porte qui filtrait la lumière du jour, puis un hall et sortit par la porte d'entrée du palais de justice du comté de Sevier. Personne ne le rappela. A la porte un baveux lui tendit un chapeau graisseux en marmonnant quelque chose. Ballard descendit les marches et traversa la rue.

En ville il fit le tour des magasins. Il entra à la poste et parcourut des yeux un tas d'affiches. Les types recherchés le fixèrent en retour d'un œil mauvais. Des types aux noms multiples. Leurs tatouages. Des légendes d'amours mortes inscrites sur une chair périssable. Une dominante de panthères bleues.

Il se tenait dans la rue, les mains dans les poches arrière quand le shérif vint vers lui.

Qu'est-ce que tu comptes faire maintenant ? dit le shérif.

Rentrer à la maison, dit Ballard.

Et ensuite ? Quel genre de saloperie est-ce que tu mijotes pour la prochaine ?

Je mijote rien.

Je trouve que tu devrais nous en donner une petite idée. Pour que les choses soient plus justes. Voyons : refus d'obéir à injonction de justice, tapage public, coups et blessures, ivresse sur la voie publique, viol. J'imagine que le meurtre c'est ce qui vient ensuite sur la liste, tu crois pas ? Ou qu'est-ce que t'aurais fait qu'on n'aurait pas encore découvert ?

J'ai rien fait, dit Ballard. Vous me cherchez des noises.

Le shérif avait les bras croisés et il se balançait légèrement sur ses talons, examinant le sombre réprouvé qui se tenait devant lui. Bon, dit-il. Tu ferais aussi bien de garer tes fesses à la maison. Les gens d'ici, en ville, ils ne vont pas supporter tes conneries.

J'ai rien demandé à personne dans cette ville de merde.

Tu ferais mieux de rentrer tes fesses à la maison, Ballard.

Y a rien qui me retient ici, à part vous et vos baratins qui n'arrêtent pas.

Le shérif s'écarta pour le laisser passer. Ballard le dépassa et poursuivit son chemin. Arrivé environ à mi-hauteur du bloc de maisons, il se retourna. Le shérif était encore en train de le regarder.

T'as bien des manières de cochon toi-même, Shérif, dit-il.

Il a eu ce fusil quand il était encore tout gamin. Il a travaillé pour le père Whaley à planter des piquets de clôture à huit cents l'unité pour se le payer. Il m'a dit qu'il partait au milieu de la matinée, au beau milieu du champ, le jour qu'il a eu assez d'argent. Je m'rappelle plus pour combien qu'il l'a eu, mais il me semble que ça devait faire plus de sept cents piquets.

J'dirai qu'une chose. Il tirait sacrément bien. Il touchait tout ce qu'il voyait. Une fois, je l'ai vu descendre une araignée de sa toile en haut d'un gros chêne rouge et on était aussi loin de l'arbre que d'ici à la route là-bas.

Une fois, ils l'ont viré de la foire. Ils voulaient plus le laisser tirer.

J'me rappelle qu'il y a déjà quèques années, en parlant de foires, ils ont eu un gars qui venait tirer des pigeons vivants avec vous. Lui, avec une carabine et vous, avec un fusil de chasse. Peu importe. Il devait avoir un camion bourré de pigeons. Il mettait un jeune au milieu d'un champ, avec un cageot rempli, lui criait quèque chose et le gars en laissait échapper un, il levait sa carabine et boum, il le réduisait en poussière. Les mecs, il lui faisait littéralement voler les plumes. On avait jamais vu un tel carton. On était toute une bande de sacrés bons tireurs qu'avons perdu là tout notre fric avant même d'avoir pigé ce qui se passait. Ce qu'y faisait, le type, il bourrait le cul des pigeons avec des pétards. Ils décollaient comme s'ils étaient en liberté et y montaient à une certaine hauteur et boum ! ça leur faisait péter le cul. Il tirait juste là où y voyait voler les plumes. Tu voyais que du feu. Enfin, je reprends ce que je viens de dire, quelqu'un a fini par comprendre. Je me souviens plus qui. Il a arraché la carabine des mains du type avant qu'il ait pu tirer et la bestiole a quand même explosé. Ils lui ont collé du goudron avec des plumes partout.

Ça me rappelle la foire à New Port, une fois. Il y avait un type qu'avait ce singe ou ce gorille, n'importe, qu'arrivait à peu près à cette hauteur-là. Il était presque aussi grand que Jimmy, là-bas. Ils s'étaient arrangés pour qu'on puisse mettre des gants de boxe et monter sur le ring avec lui, et si t'arrivais à rester trois minutes avec lui, y te refilaient cinquante dollars.

Alors, les gars avec qui j'étais, ils m'ont tanné, mais ils m'ont tanné. J'avais cette petite nénette pendue à mon bras qu'arrêtait pas de me regarder comme un veau empalé. Et les gars qui me poussaient. J'crois bien qu'on avait bu un peu de whisky aussi, je m'rappelle plus bien. N'importe comment, je me suis mis à étudier ce singe et j'ai pensé : Bon d'là, après tout il est moins grand que moi. Ils l'avaient installé là-dessus attaché à une chaîne. Je me rappelle, il était assis sur un tabouret en train de bouffer un chou rouge. Directo, j'ai dit : Merde. J'ai levé la main et j'ai dit au type que j'allais tenter le coup.

Alors, ils nous ont fait passer par-derrière, y m'ont mis les gants et tout, et ce type qu'avait le singe, y m'a dit comme ça : Tu le cognes pas trop fort parce que autrement tu vas l'énerver et t'auras carrément des ennuis. Je pensais en moi-même : Bon, il essaye d'éviter une raclée à son singe, voilà tout. Il protège son investissement.

N'importe comment, je ressors et je grimpe sur le ring. Me sentais plutôt con, avec tous les copains qu'étaient là qu'arrêtaient pas de me crier après et je regarde en dessous la petite nénette avec qui j'étais et j'lui fais un gros clin d'œil et c'est à peu près à ce moment-là qu'ils amènent le singe. Il avait une muselière. Il m'a comme qui dirait regardé du haut en bas. Bon, alors ils ont annoncé nos noms et tout ça, je me souviens plus comment qu'il s'appelait le singe, et l'autre, il a secoué une grosse cloche et je me suis lancé à faire le tour du singe. Lui ai montré un petit peu mon jeu de jambes. Il avait pas l'air d'avoir envie de faire grand-chose, alors je lui ai filé un coup dans le buffet. Il m'a juste regardé gentiment. Bon alors, j'ai rien fait d'autre que de me mettre en garde pour le cogner de nouveau. Je lui ai mis un coup droit sur le côté de la gueule. Une fois que j'ai eu fait ça, sa gueule est revenue en place et ses yeux sont devenus tout drôles et j'ai dit : Ça va, c'est bon. J'ai déjà dépassé les cinquante dollars. Je me suis baissé pour le cogner de nouveau, mais à ce moment-là voilà qu'il me saute sur la tronche et qu'il me fourre son pied dans la gueule à m'en arracher la mâchoire. Je pouvais même pas appeler au secours. J'ai cru qu'ils arriveraient jamais à me débarrasser de ce machin.

Ballard, parmi les chalands de la foire, qui marche avec précaution dans la boue. Le long d'allées de sciure parmi les stands, les lumières et les cônes de barbe à papa, devant des stands peinturlurés avec des étagères de lots et des poupées, des animaux qui se balancent au bout de haubans. Une grande roue se découpait sur le ciel comme un bracelet clinquant et de petits engoulevents aux ailes de faucon faisaient la navette dans le tournoiement des pinceaux lumineux, avec le bec ouvert et leurs cris inquiétants.

A l'endroit où des poissons rouges en celluloïd dansaient dans un bac, il s'appuya, son épuisette à la main, et observa les autres pêcheurs. Un employé retirait les poissons de leurs filets et lisait le numéro inscrit en dessous, disait non de la tête ou attrapait une petite poupée ou un chat en plâtre. Alors qu'il était ainsi absorbé, un vieil homme à côté de Ballard tenta de ramener deux poissons en même temps dans son épuisette. Ils ne tenaient pas dedans et le vieux, de plus en plus énervé, les entraîna au bord du bac et d'un coup d'épuisette balaya poissons et eau qui s'en allèrent asperger sa voisine. La femme baissa les yeux. Les poissons gisaient dans l'herbe. Vous êtes malade ou quoi, dit-elle. Ou vous avez bu un coup de trop. Le vieux empoigna son filet. L'employé se pencha vers eux. Qu'est-ce qui se passe ici, dit-il.

J'ai rien fait, dit le vieux.

Ballard sortait des poissons de l'eau et les remettait, après avoir comparé les numéros avec les lots. La femme à la robe mouillée le montra du doigt. Le type là-bas, il triche, dit-elle.

D'accord, mon gars, dit l'employé, tendant le bras vers le filet. T'as droit à un coup pour dix cents, à trois pour vingt-cinq.

Mais j'ai encore rien pris, dit Ballard.

T'en as remis une douzaine.

J'ai rien pris, dit Ballard cramponné à son épuisette.

Alors prends-en un et puis après tu regardes.

Ballard haussa les épaules et reluqua les poissons. Il en puisa un.

L'employé prit le poisson et l'examina. Perdu, dit-il, et il le rejeta dans le bassin et reprit l'épuisette à Ballard.

J'ai p'têt pas fini de jouer, dit Ballard.

Y se peut aussi qu't'aies fini, dit l'employé.

Ballard lança au type un froid regard de chat, cracha dans l'eau et fit demi-tour pour s'en aller. La femme qui avait été éclaboussée le surveillait avec une expression de défi mêlée de crainte. Tandis que Ballard passait à côté d'elle, il lui murmura quelque chose entre les dents. Tu te mêlerais pas de c'qui te regarde pas des fois, vieille pétasse ? dit-il.

En s'en allant, il secoua la masse des pièces au fond de sa poche. Des coups de fusil le guidèrent, son amorti qu'il distingua parmi les cris des bonimenteurs et des forains. Un stand fréquenté, avec des gars longs en jambes arc-boutés sur le comptoir. Sur le fond du stand, des canards mécaniques passaient en vacillant et en grinçant dans les claquements et les crachements des carabines.

Approchez, approchez, venez tester votre adresse et gagner un lot, psalmodiait le tenancier du stand de tir. Vous, monsieur, vous ne voulez pas essayer ?

Je réfléchis, dit Ballard. Qu'est-ce qu'on gagne ?

Le forain pointa sa canne vers des rangées d'animaux en peluche de taille croissante. La rangée du bas..., dit-il.

Ça m'intéresse pas. Qu'est-ce qu'il faut faire pour avoir les gros là-bas ?

Le forain indiqua des petits cartons sur un fil de fer. Faut enlever la petite pastille rouge, dit-il d'une voix traînante. Vous avez droit à cinq coups dedans et vous emportez n'importe quel lot au choix dans la maison.

Ballard sortit ses pièces. C'est combien ? dit-il.

Vingt-cinq cents.

Il posa trois pièces sur le comptoir. Le forain dressa une carabine et glissa un tube de cartouches en laiton dans le magasin. C'était une carabine à air comprimé et elle était retenue au comptoir par une chaîne.

Ballard glissa la monnaie dans sa poche et leva la carabine.

On a le droit de s'appuyer sur les coudes, chantonna le forain.

Pas besoin de m'appuyer, dit Ballard. Il fit feu cinq fois, abaissant la carabine entre les coups. Lorsqu'il eut terminé, il pointa le doigt vers le haut. Donnez-moi ce gros ours là-bas, dit-il.

Le forain fit courir le carton le long d'un fil de fer et le détacha puis le tendit à Ballard. Pour gagner, il faut que tout le rouge soit parti, dit-il. Il regardait ailleurs et n'avait même pas l'air de s'adresser à Ballard.

Ballard prit le carton en main et l'examina. Vous voulez dire ça ? dit-il.

Tout le rouge doit être parti.

Au milieu du carton de Ballard il n'y avait qu'un seul trou. D'un côté restait un tout petit peu de charpie rouge.

Ben, merde alors, dit Ballard. Il plaqua trois pièces de plus sur le comptoir. Approchez, dit le forain, en rechargeant la carabine.

Au retour du carton, on n'aurait pas pu trouver la moindre trace de rouge dessus, même au microscope. Le forain descendit un imposant ours en mohair et Ballard plaqua de nouveau trois autres pièces.

Lorsqu'il se fut gagné deux ours et un tigre et un petit public, le forain lui retira la carabine des mains. C'est fini pour toi, mon pote, siffla-t-il.

Vous avez pas dit combien de fois on pouvait gagner.

Approchez, psalmodia le forain. A qui le tour. Trois gros lots par personne, c'est la limite de la maison. A qui de gagner maintenant.

Ballard chargea ses ours et son tigre et s'éloigna dans la foule. Mon Dieu, regarde tout ce qu'il a gagné, dit une femme. Ballard eut un mince sourire. Des visages de jeunes filles flottaient sur son passage, onctueux et lisses comme de la crème. Certains lorgnaient ses peluches. La foule se déplaçait vers l'extrémité du champ et s'y rassemblait, Ballard parmi elle, une mer de gens de la campagne qui fixaient l'obscurité en attendant que commence une manifestation de minuit.

Une lumière crépita dans le champ et une fusée à queue bleue fila vers le Grand Chien. Très haut, au-dessus des visages levés, elle explosa, embruns de glycérine allumée flamboyant à travers la nuit, traînées tombant du ciel en lâches rubans de spectre incandescent bientôt consumés. Une autre monta, dans un long sifflement, en queue de poisson dans le ciel. Dans le bouquet qui s'ouvrait on pouvait voir en ombre l'image de la fusée précédente, la bouffée de fumée noire et les traînées de cendres qui retombaient en arcs, comme une immense méduse sombre tapie dans le ciel. Dans l'épanouissement de lumière, on pouvait voir aussi deux hommes là-bas dans le champ, arc-boutés sur leur caisse de feux d'artifice comme des assassins ou des poseurs de mines. Et parmi les visages, une jeune fille avec une pomme d'amour aux lèvres et les yeux écarquillés. Ses cheveux pâles sentaient le savon, femme-enfant venue du fond des âges, en extase sous l'embrasement de soufre et les torches de poix de quelque foire médiévale. Une mince chandelle longue comme le ciel embrochait les flaques noires de ses yeux. Elle s'étreignait les doigts. Dans le flot de cette galaxie de soufre qui se rompait, elle vit l'homme aux ours qui la regardait et elle se rapprocha un peu plus de la fille à côté d'elle, se passant rapidement deux doigts dans les cheveux.

Ballard est rentré de l'obscurité en traînant des bottes de fougères plaquées de neige et s'est mis à en écraser par poignées la matière sèche ou gelée qu'il entasse dans la cheminée. La lampe sur le plancher vacille dans le vent et le vent gémit dans le conduit de la cheminée. Les fissures du mur s'impriment en traînées de neige obliques sur les lattes du plancher et le vent secoue les cartons des fenêtres. Ballard est arrivé avec une brassée de piquets à haricots dérobés dans le grenier de la grange, et il s'affaire à les casser pour les mettre ensuite sur le feu.

Une fois qu'il a mis le feu en route, il ôte ses brodequins et les installe debout dans l'âtre, il tire sur le bout du pied de ses chaussettes tire-bouchonnées qu'il enlève pour les étendre près du feu. Il s'assoit et sèche la carabine, éjecte les cartouches sur ses cuisses, les sèche et essuie le mécanisme, le graisse et graisse le chargeur, le canon, le magasin, le chien, puis recharge la carabine et engage une cartouche dans le chargeur, laisse retomber le percuteur et pose le fusil sur le sol à côté de lui.

Le pain de maïs qu'il a fait cuire dans le feu est une grossière mixture de farine et d'eau. Une croûte sans relief, sans goût, qu'il mastique sans y penser et qu'il fait descendre avec un coup d'eau. Sur le mur, les deux ours et le tigre le surveillent de leurs yeux de plastique qui brillent dans la lumière du feu, la langue de flanelle rouge pendante.

Dans la descente de la crête, les chiens courants entaillaient la neige d'une mince ligne sombre. Loin audessous d'eux, le sanglier qu'ils poursuivaient gîtait dans sa course par petits bonds curieusement raides, bossu et très noir dans le paysage d'hiver. Les aboiements des chiens dans cette vaste vacuité bleu pâle résonnaient comme des cris de iodlers endiablés.

Le sanglier ne voulait pas traverser la rivière. Lorsqu'il le fit, ce fut trop tard. Il émergea tout luisant et fumant des saules sur la rive la plus proche et se lança à travers la plaine. Derrière lui, hystériques, les chiens déboulèrent du flanc de la montagne, la neige explosant autour d'eux. En heurtant l'eau, ils fumèrent comme des pierres chauffées et au sortir des fourrés sur la plaine, ils surgirent dans des nuages de pâle vapeur.

Le sanglier ne se retourna pas avant que le premier chien ne l'atteignît. Il fit volte-face, éperonna la bête et poursuivit sa route. Les chiens se pressèrent autour de ses arrières et il se retourna, les boutant du rasoir de ses défenses et dressé sur son arrière-train il recula, mais il n'y avait nulle part où se réfugier. Il continua à tourner, pris dans un tourbillon de chiens hargneux jusqu'à ce qu'il en surprît un, le chargeât, le clouât et l'étripât. Alors qu'il allait de nouveau se retourner pour protéger ses flancs, il en fut empêché.

Ballard regardait ce ballet pencher, tourbillonner et brasser la boue à travers la neige et voyait le sang ravissant se vautrer là dans son holographe de bataille, jaillir d'un poumon crevé, voyait le sang noir du cœur faire la roue et la pirouette, jusqu'à ce que retentissent des coups de feu et que tout fût fini. Un jeune chien tracassait les oreilles du sanglier, un autre gisait mort, ses éclatants viscères cordés repliés sur la neige, et un autre encore qui gémissait en se traînant. Ballard sortit les mains de ses poches et reprit le fusil qu'il avait appuyé contre un arbre. Deux petites silhouettes verticales, l'arme à la main, s'agitaient dans la descente le long de la rivière, se hâtant dans le jour finissant.

Dans l'atelier du forgeron, sombre et presque sans lumière hormis le faible rougeoiement à l'autre bout, là où le feu de la forge couve et où l'artisan, en profil perdu, s'arc-boute au-dessus de quelque ouvrage. Ballard, dans l'embrasure, avec un fer de hache rouillé qu'il a trouvé.

Bonjour, dit le forgeron.

Bonjour.

Qu'est-ce que je peux faire pour vous ?

J'ai cette hache qu'a besoin d'être affûtée.

Il traversa le sol en terre battue jusqu'à l'endroit où le forgeron se tenait au-dessus de son enclume. Aux murs du bâtiment pendaient toutes sortes d'instruments. Des pièces de machines agricoles et de voitures gisaient partout.

Le forgeron tendit le menton en avant et examina le fer de hache. C'est celle-là ? dit-il.

C'est ça.

Le forgeron retourna la hache dans sa main. Ça donnera rien de bien de meuler cette affaire, dit-il.

Non ?

Qu'est-ce que vous allez faire pour le manche ?

J'vais aller en acheter un, je pense.

Il tenait la hache à hauteur. Vous pouvez pas vous contenter d'affûter une hache, de l'aiguiser, dit-il. Vous voyez pas comment qu'elle s'est émoussée ?

Ballard voyait.

Attendez une p'tite minute, et j'vous montre comment parer une hache qui coupera deux fois mieux que n'importe quelle merde que vous achèterez toute neuve chez le quincaillier.

Ça va me coûter combien ?

Vous voulez dire avec un nouveau manche et tout ?

Ouais, avec un nouveau manche.

Ça vous coûtera deux dollars.

Deux dollars.

C'est ça. Les manches c'est un dollar et vingt-cinq cents.

Je comptais seulement la faire affûter pour vingt-cinq cents, quèque chose comme ça.

Vous en seriez jamais content, dit le forgeron.

Je peux en avoir une neuve pour quatre dollars.

A vot' place, j'garderais celle-là rafistolée, plutôt que deux neuves.

Bon.

Alors vous dites quoi ?

D'accord.

Le forgeron fourra la hache dans le feu et donna quelques tours à la crémaillère. Du dessous de la lame brasillèrent des flammes. Ils restèrent là à regarder.

C'qu'y faut, c'est entretenir un feu vif, dit le forgeron. A trois ou quatre pouces au-dessus de la tuyère en fer. Il faut que vous prépariez un feu bien franc, avec du bon charbon qu'a pas séjourné au soleil.

Il tourna le fer de hache à l'aide des tenailles. C'qu'y faut c'est qu'elle devienne d'un beau jaune à la première chauffe pour la travailler. Elle est pas encore assez chaude. Il avait haussé la voix pour faire ces observations bien que la forge fût silencieuse. Il donna un nouveau tour de manivelle et ils virent le feu cracher des flammes.

Pas trop vite, dit le forgeron. Doucement. Voilà comment qu'il faut chauffer. Surveillez la couleur. Si jamais elle blanchit, elle est foutue. Voilà, ça y est maintenant.

Il retira la hache du feu, la balança toute palpitante de chaleur et rayonnante d'un jaune translucide, et la posa sur l'enclume.

Maintenant attention, il faut travailler juste les plats, dit-il, en prenant son marteau. Et commencer par le tranchant. Il balança le marteau et l'acier attendri céda sous le coup avec un curieux tintement mat. Il martela le tranchant des deux côtés et remit la lame dans le feu.

On va la chauffer de nouveau, mais moins fort cette fois-ci. Un beau rouge et ça ira. Il posa les pinces sur l'enclume et se frotta vigoureusement les deux paumes le long de son tablier, les yeux sur le feu. Faut bien la surveiller, dit-il. Faut jamais laisser l'acier dans le feu plus de temps qu'y faut pour le chauffer. Y a des gens qui fourgonnent ailleurs et puis qui laissent l'outil se perdre, mais la chose à faire c'est de l'enlever dès qu'il a la couleur de la grâce. Ce qu'il nous faut, c'est un rouge intense. Faut un rouge intense. Ça vient.

Il déposa de nouveau le fer de hache à l'aide des pinces sur l'enclume, le tranchant d'un bel orange foncé avec des aiguilles de chaleur vive qui se brisaient dessus.

Vous voyez maintenant, y faut la travailler à partir du tranchant à la seconde chauffe.

Le marteau cognant avec ce son qui n'est pas tout à fait métallique.

On remonte d'à peu près un pouce. Vous voyez comment qu'elle s'évase. On va la laisser s'élargir comme une pelle si elle veut bien, mais y faut jamais toucher aux bords ou vous lui enlèverez tout le muscle que vous mettez dans le plat.

Il martelait en continu et sans effort le tranchant refroidissant jusqu'à ce que son éclat se ternît dans une couleur de sang à peine vibrante. Ballard parcourut la boutique du regard. Le forgeron posa le tranchant sur le tasseau et à l'aide d'un frappe-devant tailla les bords élargis. C'est comme ça qu'on réduit la largeur, dit-il. Bon, maintenant, encore une chauffe pour qu'elle soit costaud.

Il plaça la lame dans le feu et donna un tour de manivelle. A basse température cette fois, dit-il. Juste une minute. Jusqu'à tant qu'elle brille. Voilà, ça y est.

Maintenant, y faut la marteler un bon coup des deux côtés. Il frappait à coups brefs. Il retourna le fer pour travailler l'autre face. Vous voyez comment qu'elle devient noire, dit-il. Noire et brillante comme le cul d'un nègre. Ça resserre l'acier et ça lui donne de la résistance. Maintenant, elle est prête à tremper.

Ils attendirent pendant que la hache chauffait. Le forgeron sortit un bout de cigare évasé de la poche de son tablier et l'alluma à une braise de la forge. On va seulement chauffer la partie qu'on a travaillée, dit-il. Et plus basse sera la température, mieux ça sera. Juste un ton cerise éteint, ça sera bien. Y a des gens qui refroidissent dans l'huile mais l'eau trempe à plus faible température. Un peu de sel pour tempérer l'eau. Eau tempérée, acier solide. Elle vient bien et attention comment que vous la prenez, faut la plonger dans le sens nord. Le tranchant vers le fond, comme ça. Il descendit la lame frémissante dans la cuve de trempe et une boule de vapeur s'éleva. Le métal siffla un instant puis se tut. Le forgeron lui fit faire une série de plongeons. Refroidissez-la doucement et elle ne se fendra pas, dit-il. Bon. On va la polir et la laisser revenir.

Il aviva le tranchant à l'aide d'un bâton enveloppé de toile émeri. Maintenant le fer avec les tenailles, il lui imprima un lent mouvement de va-et-vient au-dessus du feu. Y faut la garder hors du feu et la bouger tout le temps. Comme ça elle reviendra bien uniformément. Voilà qu'elle devient jaune. Ça va pour certains outils, mais à elle, on va lui donner une trempe bleue. Elle vire au brun. Regardez-la maintenant. Vous voyez, là ?

Il retira le fer de hache du feu et le posa sur l'enclume. Y faut la surveiller de près pour éviter que la trempe file dans les coins en premier. Y faut toujours que le feu soit en rapport avec l'ouvrage.

Ça y est ? dit Ballard.

Ça y est. On va juste vous mettre un manche et l'affûter et vous serez équipé.

Ballard acquiesça.

C'est comme pour beaucoup de choses, dit le forgeron. Vous loupez un tout petit peu et c'est comme si vous loupiez tout. Il triait les manches qui étaient debout dans un tonneau. Si ça se trouve, d'avoir vu faire vous pourriez vous y mettre ? dit-il.

Me mettre à quoi, dit Ballard.

Il se lança dans la pente, louvoya dans la neige jusqu'aux cuisses, plongeant dans les congères, tenant d'une main le fusil au-dessus de sa tête. Il se rattrapa à une vigne autour de laquelle il pivota et finit par s'arrêter. Une pluie de feuilles mortes et de brindilles tomba sur le manteau de neige uniforme. Il retira des débris de son col de chemise et examina la pente pour trouver une autre halte.

Lorsqu'il atteignit le plat au pied de la montagne, il se trouva au milieu de cèdres et de pins chétifs. Il suivit des sentiers de lapins à travers ces bois. La neige avait fondu, puis regelé, et il y avait désormais une légère croûte en surface ; la journée était très froide. Il pénétra dans une clairière et un merle s'envola. Un autre. Les ailes déployées, ils coururent sur la neige. Ballard les regarda plus attentivement. Un groupe d'entre eux s'était blotti sous un cèdre. A son approche, ils s'en allèrent par deux ou par trois, en sautillant, mal assurés sur la croûte, les ailes à la traîne. Ballard courut après eux. Ils s'esquivèrent en voletant. Il tomba, se releva et courut en riant. Il en captura un qu'il garda, tiède boule de plumes, le cœur battant, juste là, contre sa paume.

Il parvint en haut d'une allée défoncée et dépassa un toit de voiture scié qui était posé sur des parpaings. Un fil électrique courait sur la boue et sous le toit de la voiture une ampoule brûlait et une bande de poulets à l'air déprimé se serraient les uns contre les autres en gloussant. Ballard frappa bruyamment sur le plancher de la galerie. C'était une froide journée grise. D'épais caillots de fumée brunâtre tournoyaient au-dessus du toit et des lambeaux de neige dans la cour subsistaient, gris, dentelés et piquetés de suie. Il jeta un coup d'œil à l'oiseau contre sa poitrine. La porte s'ouvrit.

Entre donc, dit une femme en blouse de mince cotonnade.

Il monta les marches et pénétra dans la maison. Il parlait à la femme mais surveillait la fille des yeux. Elle errait mal à l'aise à travers la maison, tout en nichons, jeunes hanches rebondies et jambes nues. Pas trop gelés ? dit Ballard.

Qu'est-ce tu dis de ce temps, dit la femme.

J'lui ai apporté un p'tit jouet, dit Ballard, en indiquant de la tête la chose qui gisait sur le plancher.

La femme tourna vers lui son visage plat, rond comme une assiette. T'as fait quoi ? dit-elle.

J'ai apporté un p'tit jouet. Tiens, regarde.

Il extirpa de sa chemise le merle à moitié gelé et le tendit. L'oiseau tourna la tête. Son œil brilla.

Regarde ça, Billy, dit la femme.

Billy ne regarda pas. Primate à la tête énorme, chauve et baveux, qui vivait au ras du plancher de la maison, familier des lattes gondolées et des trous rebouchés avec des boîtes de conserve aplaties au marteau, compagnon des cafards et des grosses araignées velues en saison, éternellement nauséabond et affligé d'une saleté innommable.

Tiens, voilà un p'tit jouet.

Le merle courut sur le plancher, les ailes faseyant comme des voiles latines. Il épia le… comment dire ?

l'enfant ? Oui, l'enfant, et vira dans un coin. Les yeux mornes du gosse le suivirent. Il se mit lourdement en branle.

Ballard captura l'oiseau et le lui tendit. L'enfant s'en empara de ses mains grises et charnues.

Y va le tuer, dit l'adolescente.

Ballard lui grimaça un sourire. Ça le regarde s'il veut le faire, dit-il.

La fille lui fit une moue. Va donc, dit-elle.

J'ai quèque chose que j'vais t'amener, lui dit Ballard.

T'as rien que j'aie envie, dit-elle.

Ballard eut un rictus.

J'ai du café prêt sur la cuisinière, dit la femme de la cuisine. T'en veux une tasse ?

J'dirais pas non, rien qu'une, dit Ballard, se frottant les mains pour montrer à quel point il faisait froid.

Assis à la table de la cuisine, une grande tasse de porcelaine blanche devant lui, la vapeur blanche dans la froidure de la pièce, près de l'unique fenêtre et la condensation de l'humidité sur la toile cirée aux fleurs passées. Il inclina la boîte de lait et remua.

A quelle heure vous pensez que Ralph sera là ?

Il a pas dit.

Bon.

T'as qu'à l'attendre, si tu veux.

Bon, alors je vais l'attendre une minute. S'y vient pas, faut que j'y aille.

Il entendit la porte de derrière se refermer. Il la vit s'en aller vers les cabinets, le long d'un méchant chemin défoncé. Il regarda la femme. Elle roulait de la pâte à gâteaux sur le dressoir. Il regarda rapidement par la fenêtre. La fille ouvrit la porte des cabinets et la referma derrière elle. Ballard plongea son visage dans la vapeur de la tasse.

Ralph n'en finissait pas d'arriver. Ballard termina son

café et dit qu'il était bon et que non merci, il n'en voulait plus d'autre, le répéta et dit qu'il ferait mieux de s'en aller.

M'man, j'voudrais qu'tu voies, dit la fille, de l'autre pièce.

Qu'est-ce qu'y a ? dit la femme.

Ballard s'était levé et s'étirait, l'air gêné. J'ferais mieux d'y aller, dit-il.

Attends-le si tu veux.

M'man.

Ballard regarda du côté de la pièce de devant. L'oiseau était recroquevillé sur le plancher. La fille apparut dans l'embrasure de la porte. J'voudrais qu'tu viennes voir, dit-elle.

Qu'est-ce qu'y a ? dit la femme.

Elle montra l'enfant du doigt. Il était assis comme avant, gros pantin chancelant dans sa chemisette grise. Sa bouche était tachée de sang et il mastiquait. Ballard franchit la porte et pénétra dans la pièce et se baissa pour prendre l'oiseau. Il voleta sur le sol et tomba. Il le ramassa. De petits moignons rouges s'agitaient dans la douceur du duvet. Ballard reposa vite l'oiseau.

J't'avais bien dit de pas lui donner, dit la fille.

L'oiseau se débattait sur le sol.

La femme s'était approchée de la porte. Elle s'essuya les mains sur son tablier. Ils regardaient tous l'oiseau. La femme dit : Qu'est-ce qu'y lui a fait ?

Y lui a bouffé les pattes, dit la fille.

Ballard souriait, mal à l'aise. Y voulait pas qu'y se sauve, dit-il.

Si j'avais pas plus de bon sens que ça, je filerais, dit la fille.

La paix, dit la femme. Enlève-lui cette saloperie d'la bouche avant qu'y vomisse.

J'avais jamais entendu parler de toutes ces histoires. Je me rappelle que son grand-père, c'était Leland son nom, il a été pensionné de guerre dans ses vieux jours. Il est mort, ça remonte maintenant à la fin des années vingt. Il était supposé avoir été dans l'armée de l'Union. C'est bien connu qu'il a rien foutu de toute la guerre à part explorer les buissons. Ils sont venus le rechercher deux ou trois fois. En fait, il a jamais mis les pieds à la guerre, bon Dieu. C'est le père Cameron qui raconte ça et il a pas de raison de raconter des bobards. On dit qu'ils sont venus chercher Leland Ballard et que, pendant qu'ils le cherchaient dans la grange et le fumoir et tout, il s'est glissé en bas des buissons jusqu'où étaient leurs chevaux et qu'il a coupé le cuir de la selle du sergent pour s'en faire des semelles de chaussures.

Non, j'sais pas comment qu'il a eu cette pension. Il leur a menti, j'imagine. Le comté de Sevier a engagé plus d'hommes dans l'armée de l'Union qu'il a enregistré d'électeurs, mais lui, il en était pas. Il a juste été le seul qu'ait eu assez de culot pour demander une pension.

J'vais vous dire ce qu'il était s'il était pas soldat. Il faisait partie de la bande des Casquettes blanches, bon d'là.

Ça, ouais. J'te crois. Il avait un frère plus jeune qu'en était aussi et qui s'est sauvé d'ici à la même époque. C'est connu qu'il s'est fait pendre à Hattiesburg dans le

Mississippi. Tout ça pour montrer que ça a pas de rapport avec l'endroit. Il aurait été pendu partout quel que soit l'endroit où il vivait.

J'vais quand même dire une chose à propos de Lester. On peut remonter jusqu'à Adam et Eve si on veut, de toute la bande c'est quand même bien lui qui remporte le pompon.

Ça, c'est bien vrai.

En parlant de Lester…

Vous pouvez tous parler de lui. Moi, j'ai mon dîner qui m'attend à la maison.

DEUXIÈME PARTIE

Par un froid matin d'hiver au tout début de décembre, Ballard descendit de la montagne de la Grenouille avec une paire d'écureuils suspendus à sa ceinture et émergea sur la route. Lorsqu'il se retourna en direction du terre-plein, il vit qu'il y avait une voiture avec le moteur qui hoquetait doucement et une fumée bleue qui s'enroulait dans l'air froid du matin. Ballard traversa la route, se laissa tomber dans l'herbe et remonta par le bois pour ressortir au-dessus du terre-plein. La voiture tournait toujours au ralenti. Il ne pouvait distinguer s'il y avait quelqu'un à l'intérieur.

Il marcha dans les fourrés qui bordaient la route jusqu'à ce qu'il fût à une trentaine de pieds de la voiture et une fois là, il s'immobilisa pour regarder. Il entendait le ronronnement régulier du moteur et quelque part, faiblement dans le calme matin en montagne, le son d'une guitare et d'une voix qui chantait. Au bout d'un moment tout s'arrêta et une voix parla.

C'est la radio, dit-il.

Il n'y avait aucun signe de vie dans la voiture. Les vitres étaient embuées mais il ne semblait pas qu'il y eût quelqu'un à l'intérieur.

Il sortit des buissons et descendit en marchant le long de la voiture. Au cas où quelqu'un se serait inquiété de ce qu'il faisait là, il n'était qu'un chasseur d'écureuils qui se trouvait sur la route. Lorsqu'il longea le flanc de l'automobile il jeta un coup d'œil à l'intérieur. Le siège avant était vide mais deux personnes à moitié nues étaient vautrées à l'arrière. Une cuisse dénudée. Un bras en l'air. Une paire de fesses velues. Ballard continua à marcher. Puis il s'arrêta. Une paire d'yeux fixant le vide d'un regard sans paupières.

Il fit demi-tour et revint sur ses pas. D'un œil gêné, il scruta à l'intérieur au travers de la fenêtre. Parmi le désordre des vêtements et des membres contorsionnés, les yeux de quelqu'un d'autre au doux visage blanc regardaient sans voir. C'était une jeune fille. Ballard frappa au carreau. A la radio l'homme disait : Nous souhaitons tout spécialement dédier l'enregistrement suivant à tous les malades et à tous ceux qui doivent garder la chambre. Sur la montagne, deux corbeaux lancèrent de minces appels rauques dans l'air froid et désolé.

Ballard ouvrit la portière, le fusil armé. L'homme était étalé entre les cuisses de la fille. Hé, dit Ballard.

A cueillir des fleurs pour le bouquet du maître.
De belles fleurs qui ne se faneraient jamais.

Ballard s'assit sur le bord du siège près du volant et allongea le bras pour éteindre la radio. Le moteur continuait ses pof-pof-pof. Il baissa les yeux, trouva la clef et coupa le contact. Tout était très silencieux dans la voiture, avec juste eux trois. Il s'agenouilla sur le siège et se pencha par-dessus le dossier pour observer les deux autres. Il tendit la main et tira l'homme par l'épaule. Le bras de l'homme glissa du siège sur le plancher de la voiture et Ballard, en se redressant à ce mouvement inattendu, se cogna la tête contre le plafond.

Il ne jura même pas. Il restait là à genoux à regarder les deux corps. Ces salauds-là, y sont sacrément clamsés, dit-il.

Il pouvait voir un des seins de la fille. Son chemisier était ouvert et son soutien-gorge était remonté autour du cou. Ballard regarda fixement pendant un long moment. Enfin il allongea le bras par-dessus le dos du cadavre de l'homme et toucha le sein. Il était doux et frais. Il en caressa le généreux bout marron du gras de son pouce.

Il tenait toujours son fusil. Il se dégagea du siège et debout sur la route, il regarda et écouta. On n'entendait pas un oiseau. Il détacha les écureuils de sa ceinture et les posa sur le toit de la voiture, appuya son fusil contre le pare-chocs et remonta à l'intérieur. Penché par-dessus le siège, il agrippa l'homme et tenta de le détacher de la fille. Le corps était lourdement affalé, la tête pendante. Ballard réussit à le tirer sur le côté mais il resta coincé contre le dossier du siège avant. Maintenant il voyait mieux la fille. Il tendit la main et caressa l'autre sein. Il continua pendant un moment puis, du pouce, lui ferma les yeux. Elle était jeune et très jolie. Ballard ferma la porte avant de la voiture pour empêcher le froid d'entrer. Il se pencha et réussit de nouveau à attraper l'homme. Il était comme suspendu. Il portait une chemise et son pantalon était tombé jusqu'aux chaussures. Avec une sorte de morne mépris, Ballard saisit la hanche froide et nue et le fit basculer. Il roula et glissa sur le plancher entre les sièges où il s'immobilisa, un œil ouvert et fixe, l'autre à moitié fermé.

Sacré nom de nom, dit Ballard. Le pénis du mort, coiffé d'une capote jaune mouillée, pointait, rigide, vers lui.

Il sortit de la voiture à reculons, saisit son fusil et marcha vers l'endroit d'où il pourrait voir le bas de la route. Il revint, ferma la porte de la voiture et fit le tour par l'autre côté. Il faisait très froid. Au bout d'un moment, il remonta dans la voiture. La fille gisait les yeux fermés, avec ses seins qui pointaient hors du chemisier ouvert, ses cuisses pâles écartées. Ballard escalada le siège.

Le mort l'observait du plancher de la voiture. Ballard lui repoussa les jambes d'un coup de pied et ramassa sur le sol la culotte de la fille, la huma et la mit dans sa poche. Il regarda par la lunette arrière et écouta. Agenouillé là, entre les jambes de la fille, il défit la boucle de sa ceinture et baissa son pantalon.

Gymnaste forcené s'escrimant sur un cadavre froid. Il déversa dans cette oreille de cire tout ce qu'il avait jamais pensé pouvoir dire à une femme. Qui sait si elle ne l'entendit pas ? Lorsqu'il eut fini, il se redressa et regarda de nouveau dehors. Les fenêtres étaient embuées. Il prit le bord de la jupe de la fille pour s'essuyer. Il était sur les jambes du type mort. Le membre de l'homme était toujours dressé. Ballard remonta son pantalon, grimpa pardessus le siège et ouvrit la porte pour sauter sur la route. Il rentra sa chemise et reboucla sa culotte. Puis il ramassa son fusil et se mit à descendre la route. Il n'était guère allé loin qu'il s'arrêta pour revenir. La première chose qu'il vit, ce furent les écureuils sur le toit. Il les mit à l'intérieur de sa chemise, ouvrit la portière, à tâtons tourna la clef de contact et poussa le starter. Il se lança bruyamment dans le silence et le moteur s'anima. Il vérifia la jauge d'essence. L'aiguille indiquait que le réservoir était au quart plein. Il jeta un coup d'œil aux corps à l'arrière, ferma la porte et se mit à redescendre la route.

Il n'avait pas fait un quart de mile qu'il s'arrêta de nouveau. Il resta là, debout au milieu de la route, les yeux fixés droit devant lui. Bon Dieu de bon Dieu. Il repartit en sens inverse. Puis se mit à courir.

Lorsqu'il arriva, la voiture ahanait toujours et Ballard, à bout de souffle, aspira à longues goulées l'air froid qui se coulait le long de sa gorge dans ses poumons brûlants. Il ouvrit brutalement la porte, grimpa à l'intérieur et pardessus le siège, il tira sur le pantalon du type mort jusqu'à ce qu'il trouve la poche arrière et attrape le portefeuille. Il le remonta et l'ouvrit. Des photos de famille dans les fenêtres de mica jauni. Il sortit une mince liasse de billets et les compta. Dix-huit dollars. Il plia l'argent, l'empocha et remit le portefeuille dans le pantalon de l'homme, ressortit de la voiture à reculons et claqua la portière. Il sortit l'argent de sa poche et le recompta. Il s'apprêtait à prendre le fusil mais, après une pause, il remonta dans la voiture.

Il regarda sur le plancher à l'arrière, le long du siège et fouilla à tâtons sous les corps. Puis il regarda à l'avant. Son sac à main était par terre à côté du siège. Il l'ouvrit et en sortit un porte-monnaie, dont il extirpa une petite poignée de pièces et deux billets d'un dollar roulés. Il fouilla dans le sac et prit le rouge à lèvres et le fard à joues, les mit dans sa poche, claqua le fermoir ; il resta assis là, pendant une minute, le sac sur les genoux. Puis il aperçut la boîte à gants sur le tableau de bord. Il atteignit le bouton qu'il poussa et l'abattant s'ouvrit. A l'intérieur, il y avait des papiers et une torche et une fiasque de whisky non détaxé. Ballard s'empara de la bouteille pour l'examiner. Elle était pleine aux deux tiers. Il referma la boîte à gants, descendit de la voiture, mit la bouteille dans sa poche et ferma la porte de la voiture. Il regarda de nouveau la fille à l'intérieur puis il se remit en chemin. Il n'avait pas fait plus de quelques pas qu'il s'arrêta pour revenir. Il ouvrit la porte de la voiture et plongea pour tourner le bouton de la radio. Mardi soir, nous serons à l'école de Bulls Gap, disait la radio. Ballard ferma la porte et s'en alla. Au bout d'un moment, il s'arrêta, prit la bouteille et but, puis continua sa route.

Il était presque au croisement, au pied de la montagne, quand il s'arrêta une dernière fois. Il se retourna et regarda vers le haut de la route. Il s'assit sur ses talons et posa la crosse du fusil à terre et étreignant le fût des deux mains il appuya son menton sur un de ses poignets. Il cracha. Il regarda le ciel. Au bout d'un moment, il se leva et reprit son ascension. Un faucon chevauchait le vent au-dessus du flanc de la montagne, le ventre et les rémiges blancs de soleil. Il plana alentour, s'évasa, prit de la hauteur. Ballard se hâtait dans la montée. Il avait l'estomac vide et serré.

C'est en milieu de matinée qu'il arriva à la maison avec la fille morte. Il l'avait portée sur son épaule pendant un mile avant de tout lâcher. Allongés tous deux sur les feuilles dans les bois. Ballard respirant calmement dans l'air froid. Il cacha le fusil et les écureuils dans un andain de feuilles noires sous une corniche de calcaire, se releva péniblement avec la fille et se remit en route.

Il descendit à travers bois par l'arrière de la maison, puis à travers les herbes folles et les feuilles mortes au-delà de la grange et la poussa d'un coup d'épaule dans l'étroite embrasure de la porte, entra, la déposa sur le matelas et la couvrit. Puis il sortit avec la hache.

Il rentra avec une brassée de bois et alluma un feu dans la cheminée, s'assit devant et se reposa. Puis il se tourna vers la fille. Il lui retira tous ses vêtements et la contempla, examinant le corps avec attention comme s'il allait comprendre comment elle était faite. Il sortit et par la fenêtre la regarda, nue, couchée devant le feu. Quand il revint, il défit son pantalon, s'en débarrassa et s'allongea à côté d'elle. Il tira la couverture sur eux.

Dans l'après-midi il retourna chercher le fusil et les écureuils. Il mit les écureuils dans sa chemise, vérifia la culasse du fusil pour voir si elle était bien chargée et partit dans la montagne.

Lorsqu'il émergea au travers des bois dépouillés de l'hiver au-dessus du terre-plein, la voiture était encore là. Le moteur avait cessé de tourner. Il s'assit sur ses talons et regarda. Tout était très calme. Il pouvait entendre le faible bruit de la radio au-dessous de lui. Au bout d'un moment, il se releva et cracha, passa la scène en revue une dernière fois et rentra par la montagne.

Dans la matinée, tandis que les jeunes arbres noirs se dressaient tels des couteaux sur le flanc de la montagne, deux gars traversèrent le terrain et pénétrèrent dans la maison où Ballard reposait, pelotonné dans sa couverture sur le plancher à côté du feu éteint. La morte était allongée dans l'autre pièce, loin de la chaleur pour qu'elle se conserve mieux.

Ils se tenaient dans l'encadrement de la porte. Ballard se dressa, un voile devant les yeux, et d'un coup de gueule les fit reculer et à moitié tomber dans la cour.

Bon Dieu, qu'est-ce que vous voulez ? hurla-t-il.

Ils étaient debout dans la cour. L'un avait un fusil, l'autre un arc bricolé. C'est le cousin à Charles, dit celui au fusil. Tu peux pas le foutre dehors. On nous a dit qu'on pouvait chasser par ici.

Ballard regarda le cousin. Allez-y alors, dit-il.

Viens, Aaron, dit celui au fusil.

Aaron jeta un mauvais regard à Ballard et ils partirent en traversant la cour.

Vous avez intérêt à pas vous repointer par ici, leur cria Ballard de la galerie. Il grelottait, là, dans le froid. Tous autant que vous êtes, vous avez pas intérêt.

Quand ils furent hors de vue dans l'herbe sèche, l'un d'eux lui cria quelque chose, mais Ballard ne comprit pas ce qu'il disait. Il resta dans l'encadrement de la porte, là où ils s'étaient tenus et regarda à l'intérieur de la pièce pour essayer de revoir de ses yeux ce qu'ils avaient vu. Rien n'était certain. Elle reposait sous des guenilles. Il entra, ralluma le feu et s'accroupit devant en jurant.

Lorsqu'il revint de la grange, il traînait une grossière échelle qu'il fit entrer dans la pièce où se trouvait la fille et il en dressa l'extrémité dans une petite ouverture carrée dans le plafond, grimpa et passa la tête dans le grenier. Le toit de bardeaux dessinait un puzzle saugrenu dans le ciel d'hiver et dans l'obscurité découpée en carrés, il put distinguer quelques vieilles caisses pleines de grands bocaux couverts de poussière. Il monta et débarrassa un coin du plancher disjoint du grenier, en enleva la poussière à l'aide de chiffons et redescendit.

Elle était trop lourde pour lui. Il s'arrêta à mi-échelle une main sur le dernier barreau, l'autre autour de la taille de la morte qui pendait dans sa chemise de nuit déchirée et grossièrement recousue, puis il redescendit. Il tenta de la tenir par le cou. Il n'alla pas plus loin. Il s'assit par terre avec elle, l'haleine explosant, blanche, dans le froid de la pièce. Puis il retourna dans la grange.

Il entra avec quelques vieux bouts de guides de charrue et s'installa devant le feu pour les réunir. Puis il alla fixer la corde autour de la taille du pâle cadavre et monta à l'échelle en tenant l'autre extrémité. Elle s'éleva du sol, les épaules affaissées, les cheveux pendants et se mit à cogner lentement le long de l'échelle. A mi-parcours, elle s'arrêta, en se balançant. Puis elle s'éleva de nouveau.

Il avait préparé les écureuils en une sorte de ragoût avec des navets et il mit ce qu'il en restait à réchauffer devant le feu. Après qu'il eut mangé, il monta le fusil au grenier et l'y laissa, retira l'échelle et la dressa à l'arrière de la maison. Puis il rejoignit la route pour aller en ville.

Peu de voitures passèrent. Ballard, en marchant sur l'herbe grise du bas-côté parmi les boîtes de bière et les détritus, ne levait même pas les yeux. Le temps s'était refroidi et Ballard était presque bleu lorsqu'il atteignit Sevierville, trois heures plus tard.

Ballard faisant des courses. Devant un bazar où, dans la vitrine, un grossier mannequin de bois, sans tête et monté sur une tige, portait une robe rouge froncée.

Il passa plusieurs fois parmi les articles de mercerie et de confection, les mains sur l'argent dans ses poches. Une vendeuse qui se tenait les bras croisés, les mains sur les épaules, se pencha vers lui lorsqu'il passa.

Je peux vous aider ? dit-elle.

J'ai pas encore tout bien vu, dit Ballard.

Il refit un tour parmi les comptoirs de lingerie, l'œil un peu affolé comme si les vêtements légers de couleur pastel le terrorisaient. Quand il revint devant la vendeuse, il porta les mains à ses poches arrière et d'un signe de tête désinvolte indiqua la vitrine. Combien coûte la robe rouge qui est là sur le devant, dit-il.

Elle regarda en direction de la devanture et mit la main sur sa bouche pour se souvenir. Cinq quatre-vingt-dix-huit, dit-elle. Puis elle hocha la tête de haut en bas. Oui. Cinq quatre-vingt-dix-huit.

Je la prends, dit Ballard.

La vendeuse se redressa derrière le comptoir. Elle et Ballard étaient à peu près de la même grandeur. Elle dit : Quelle taille est-ce qu'il vous faut ?

Ballard la dévisagea. La taille, dit-il.

Vous connaissez sa taille ?

Il se frotta la mâchoire. Il n'avait jamais vu la jeune fille debout. Il regarda la vendeuse. Je sais pas quelle taille elle prend, dit-il.

Bon, elle est grande à peu près comment ?

Je crois pas qu'elle soit aussi grande que vous.

Vous savez combien elle pèse ?

Elle doit peser dans les cent livres ou plus.

La fille lui jeta un drôle de regard. Elle doit être assez petite, dit-elle.

Elle est pas bien grande.

Elles sont par là, dit la fille, montrant la voie.

Ils traversèrent en les faisant craquer les planchers huilés jusqu'à un portant de robes fabriqué avec du tuyau galvanisé ; la vendeuse écarta successivement les portemanteaux et en retira la robe rouge qu'elle tint à hauteur. Voilà du sept, dit-elle. Je pense que ça devrait aller, à moins qu'elle soit encore tout juste adolescente.

D'accord, dit Ballard.

Elle peut l'échanger, si ça va pas.

D'accord.

Elle plia la robe sur son bras. Il vous fallait autre chose ? dit-elle.

Ouais, dit Ballard. Elle a aussi besoin d'autres trucs.

La fille attendait.

Elle a besoin de trucs pour aller avec.

Elle a besoin de quoi ? dit la fille.

Elle a besoin de culottes, laissa échapper Ballard.

La fille toussa derrière sa main, se détourna et remonta l'allée, Ballard derrière, le visage en feu.

Ils se tenaient devant le comptoir qu'il avait étudié tout du long du coin de l'œil et la fille pianotait sur la petite rambarde de verre, le regard ailleurs. Il était debout, les mains toujours fourrées dans ses poches de derrière et les coudes écartés.

Il y a toutes celles-là, dit la fille, tirant un crayon de derrière son oreille et le faisant courir sur la rambarde du comptoir.

Vous en avez des noires ?

Elle farfouilla dans les piles et en sortit une noire avec des nœuds roses.

Je la prends, dit Ballard. Et un machin comme ça, là-bas.

Elle regarda ce qu'il lui montrait. Un jupon ? dit-elle.

Ouais.

Elle se déplaça le long du comptoir. En voilà un joli rouge, dit-elle. Il ira bien avec cette robe.

Rouge ? dit Ballard.

Elle le présenta à hauteur.

Je prends ça, dit Ballard.

Quelque chose d'autre ? dit-elle.

Je sais pas, dit Ballard, lançant un œil par-dessus le comptoir.

Elle n'a pas besoin d'un soutien-gorge ?

Non. Vous avez pas cette culotte en rouge ?

Quand Ballard atteignit la boutique de Fox, il était à moitié gelé. Un crépuscule bleuté gagnait les bois désolés alentour. Il alla directement vers le poêle et se tint tout près du fût gris de poussière en claquant des dents.

Y fait assez froid pour vous ? dit Fox.

Ballard hocha la tête.

A la radio, ils disent que ça va descendre à moins trois cette nuit.

Ballard n'était pas d'humeur bavarde. Il fit le tour du magasin, choisissant des boîtes de haricots et de saucisses viennoises, il prit deux pains, dans la vitrine de boucherie montra du doigt la mortadelle dont il voulait une demi-livre, puis un litre de lait, du fromage, des biscuits et une boîte de petits gâteaux. M. Fox fit le total sur un calepin, vérifiant au fur et à mesure les articles sur le comptoir par-dessus ses lunettes. Ballard tenait ses paquets de la ville serrés sous le bras.

A propos, vous savez, ce type qu'ils ont trouvé là-haut hier soir ? dit Fox.

Oui, et alors ? dit Ballard.

Il mit le feu en train dans la cheminée, détacha de ses doigts gourds ses lacets gelés et fit levier pour se dégager les chevilles, tapant du talon par terre pour ôter ses chaussures. Il examina ses pieds. Ils étaient d'un jaune pâle avec des taches blanches. Lorsqu'il se rendit dans l'autre pièce, il sentit à peine le plancher. Il eut l'impression de se déplacer sur les os de ses chevilles. Il sortit pieds nus, alla chercher l'échelle, l'escalada et regarda la fille. Il redescendit avec le fusil et le posa debout près du feu. Puis il ouvrit les paquets de la ville, tendit les vêtements devant lui, les huma, les replia et les mit de côté.

Il ouvrit une conserve de haricots et une de saucisses, les disposa dans le feu et mit à chauffer une casserole d'eau pour préparer du café. Ensuite il rangea les autres affaires dans le placard et assis sur le bord du matelas, il renfila ses chaussures. La hache à la main, il traversa le plancher en clopinant et s'en fut dans la nuit. Il s'était remis à neiger.

Il rentra du bois jusqu'à ce que la pièce ne fût plus qu'un énorme tas de broussailles avec de vieux morceaux de souches et des piquets de clôture entiers, des bouts de fil de fer pourri encore accrochés aux agrafes. Il y travailla bien au-delà de la tombée de la nuit, alluma un bon feu, s'assit devant et mangea son dîner. Quand il eut terminé, il alluma la lampe, l'emporta avec lui dans l'autre pièce et monta sur l'échelle. Des jurons étouffés, des bruits de lutte s'ensuivirent. Elle descendit l'échelle jusqu'à ce qu'elle touchât le sol de ses pieds et arrivée là, elle s'arrêta. Il lâcha un peu de corde mais elle resta là sur le plancher, appuyée contre l'échelle. Elle était sur la pointe des pieds, refusant de plier. Ballard descendit l'échelle et défit la corde qui entourait la taille de la morte. Il la traîna ensuite dans l'autre pièce et l'allongea devant l'âtre. Il lui prit le bras et tenta de le lever mais le corps tout entier se tourna, raide comme du bois. Sacrée putain gelée, dit Ballard. Il rajouta davantage de bois.

Il était minuit passé quand elle redevint assez souple pour se laisser déshabiller. Elle reposait là, sur le matelas, les seins jaunâtres comme isolés dans une flaque de lumière, semblables à des fleurs de cire. Ballard commença à la vêtir de ses nouveaux vêtements.

Il s'assit pour lui brosser les cheveux avec la brosse qu'il avait achetée au bazar. Il retira le capuchon du rouge à lèvres qu'il dévissa et commença à lui peindre les lèvres.

Il la mit dans différentes positions pour aller ensuite la regarder dehors par la fenêtre. Au bout d'un moment, il resta assis simplement à la tenir, lui passant les mains sur le corps sous les vêtements neufs. Il la déshabilla très lentement, en lui parlant. Puis il retira son pantalon et s'allongea auprès d'elle. Il écarta les cuisses molles. Tu l'auras cherché, lui dit-il.

Plus tard, il la retransporta dans l'autre pièce. Elle était flasque et difficile à manipuler. Les os s'étaient détachés dans la chair. Il la couvrit de guenilles, retourna auprès du feu qu'il chargea aussi haut qu'il put et allongé dans le lit, le contempla. Le conduit hurlait sous l'énorme tirage et des flammes rouges dansaient au sommet de la cheminée. Enorme bougie de briques brûlant dans la nuit. Ballard bourra la gueule de la cheminée avec des broussailles et des morceaux de souches. Il fit du café et se renversa sur son grabat. Maintenant gèle, toi, espèce de salope, dit-il à la nuit derrière la vitre.

Il gela. La température tomba à moins six. Une brique dégringola dans les flammes. Ballard chargea le feu, ramena les couvertures sur lui et se disposa à dormir. Il faisait aussi clair que le jour dans la cabane. Allongé, il fixait le plafond. Puis il se releva, alluma la lampe et passa dans l'autre pièce. Il retourna la fille, attacha la corde autour d'elle et monta au grenier. De nouveau, elle s'éleva, nue, cette fois. Ballard redescendit de l'échelle, qu'il retira et rangea contre le mur, et retourna se coucher. Dehors la neige tombait doucement.

Il se réveilla au milieu de la nuit avec le pressentiment d'un malheur. Il s'assit. Le feu s'était réduit à une unique langue de flamme qui se dressait presque sans bouger parmi les cendres. Il alluma la lampe et remonta la mèche. Un mouvant manteau de fumée flottait dans la pièce. D'épais rubans de fumée blanche filtraient à travers les planches du plafond et il pouvait entendre un léger bruit de craquement au-dessus, comme quelque chose qui rongeait. Oh merde, dit-il.

Il se leva, la couverture drapée autour de ses maigres épaules enragées. A travers les fentes dans les planches au-dessus de lui, il put voir une infernale lueur orange vif. Il enfila sa veste et ses chaussures. Le fusil à la main, il sortit dans la neige. Là, dans l'espace d'herbe piétinée, il resta à regarder le toit. Une folle masse de flammes jaillit le long de la cheminée et disparut. Un violent craquement venu du grenier. Des nuages de vapeur sortirent du toit mouillé et de brûlantes aiguilles de lumière dérivèrent avec le vent dans la neige soufflée.

Bon Dieu de merde, j'suis baisé, dit Ballard. Il posa le

fusil contre un arbre, se précipita de nouveau à l'intérieur, rassembla sa literie, la traîna dehors dans la neige et fonça de nouveau à l'intérieur. Il ramassa ses casseroles et ses maigres provisions, les sortit, puis il prit la hache, les quelques outils qui lui appartenaient et les quelques bricoles qu'il avait serrées dans la pièce vide, les lança dans la cour, revint en courant à l'intérieur, saisit l'échelle, la dressa dans le trou et leva les yeux. D'énormes bouillonnements de feu orange palpitaient dans le grenier. Il grimpa après l'échelle et passa la tête à travers le trou dans le plafond. Instantanément, il sentit ses cheveux roussir et grésiller. Il se baissa et se tapota le crâne. Déjà il avait les yeux rouges qui larmoyaient à cause de la fumée. Il s'accroupit là, en haut de l'échelle, pendant quelques minutes, clignant des yeux vers le feu, puis il descendit à reculons.

Lorsqu'il retourna dehors, il avait les ours et le tigre dans les bras. Le toit était maintenant en feu. Dominant le ronflement régulier, on pouvait en-tendre les vieux bardeaux de chêne exploser en flammes, rangée après rangée, à l'extrémité de la maison en une sorte de claquement sec. La chaleur était merveilleuse.

Ballard resta là, debout dans la neige, la mâchoire pendante. Les flammes couraient du haut en bas des lattes comme des écureuils en feu. A travers les flammes du toit on pouvait voir les fermes chevillées brûler en une succession de lettres A. En quelques minutes la cabane fut un mur compact de feu. Les rares vitres se fendillèrent et tombèrent de leur châssis en une myriade de fragments ; le toit s'effondra dans un grand bruit de souffle à l'intérieur de la maison. Ballard dut reculer tellement la chaleur était intense. La neige autour de la maison avait commencé à se rétracter, laissant derrière elle un rond de terre mouillée. Au bout d'un moment, de la vapeur se mit à monter de la terre.

Bien avant le matin, la maison qui avait protégé Ballard des éléments ne fut plus qu'une cheminée noircie avec un tas de planches incandescentes à son pied. Ballard traversa le sol détrempé, monta dans l'âtre et s'y percha comme une chouette. Pour la chaleur. Ça faisait un bout de temps qu'il avait tendance à parler tout seul mais il ne dit pas un mot.

Il faisait encore noir au matin lorsque le froid le réveilla. Il avait empilé de l'herbe sèche et des broussailles pour y poser le matelas et s'était endormi les pieds contre les braises de la maison, les flocons de neige tombant sur lui du haut des cieux noirs. La neige fondait à son contact, et puis, aux heures les plus froides du matin elle gela si bien qu'il se réveilla sous une couverture de glace qui se craquela comme du verre lorsqu'il remua. Il clopina vers l'âtre dans sa mince veste et tenta de se réchauffer. Il neigeait encore légèrement et il ignorait quelle heure il pouvait être.

Quand il eut cessé de trembler, il prit sa poêle, la remplit de neige et la posa parmi les braises. Pendant qu'elle chauffait, il trouva la hache et coupa deux piquets pour mettre la couverture à sécher.

Lorsque le jour arriva, il était assis sur un nid d'herbe qu'il avait confectionné dans l'âtre et sirotait du café dans une grande tasse de porcelaine qu'il tenait à deux mains. A la venue de cette triste lumière grise, il secoua les dernières gouttes de la tasse, descendit de son perchoir et se mit à fouiller les cendres avec un bâton. Il passa la plus grande partie de la matinée à remuer les décombres jusqu'à ce qu'il eût du noir de charbon jusqu'aux genoux, jusqu'à ce qu'il eût les mains noires et la figure zébrée de noir là où, perplexe, il s'était gratté. Il ne trouva pas même un os. Comme si elle n'avait jamais existé. Pour finir, il laissa tomber. Il épousseta la neige du reste de ses provisions, se confectionna deux sandwiches à la mortadelle et s'accroupit dans un coin chaud parmi les braises pour les manger, marques de doigts noires sur le pain blanc, l'œil sombre, énorme et vide.

Avec la couverture remplie de provisions sur l'épaule, il ressemblait à quelque grotesque gnome de l'hiver grimpant à travers les bois enneigés au flanc de la montagne. Il avançait en tombant, en glissant et en jurant. Il lui fallut une heure pour arriver à la grotte. Au second voyage, il transporta la hache, le fusil et un seau à lard rempli de braises brûlantes tirées de l'incendie de la maison.

L'entrée de la grotte n'était guère plus large qu'un étroit goulet et Ballard était luisant de boue rouge sur le devant à force d'entrer et de sortir. A l'intérieur, il y avait un vaste espace avec un orifice de lumière qui grimpait de guingois à partir du sol d'argile rouge jusqu'à un trou dans la voûte, tel un tronc d'arbre incandescent. En soufflant sur les braises, Ballard fit lever une flamme des brins d'herbe sèche, monta la lampe, l'alluma et chassa d'un coup de pied les restes d'un ancien feu au centre de la grotte, sous le trou de la voûte. Il arrivait en traînant des plaques de bois de feuillus arrachées aux écorces verticales d'arbres morts dans la montagne et bientôt il y eut un bon feu dans la grotte. Quand il redescendit la montagne pour le matelas, un panache régulier de fumée blanche s'élevait du trou dans le sol derrière lui.

Le temps ne changea pas. Ballard se mit à errer à travers la montagne dans la neige, du côté de son ancienne demeure, pour aller observer la maison, le nouvel occupant de la maison. Il y allait la nuit et se postait allongé sur le talus afin de l'espionner par la fenêtre de la cuisine. Ou sur l'abri du puits d'où il pouvait plonger dans la pièce de devant dans laquelle se tenait Greer, assis les pieds en l'air et en chaussettes, devant le poêle qui avait été celui de Ballard. Greer portait des lunettes et lisait ce qui semblait être des catalogues de semences. Ballard braquait le guidon de mire sur sa poitrine. Il le faisait pivoter vers le haut sur un point situé juste au-dessus de l'oreille. Son doigt épousait la courbe froide de la gâchette. Pan, disait-il.

Ballard tapa des pieds pour se débarrasser de la neige collée sous ses chaussures, appuya son fusil contre le mur de la maison et frappa à la porte. Il jeta un regard circulaire. Le canapé était là, encapuchonné de neige et sur la neige il y avait un fin pointillé de suie et des traces de chats. Derrière la maison se dressaient les restes de plusieurs voitures et, de la lunette arrière de l'une d'elles, un dindon le regardait.

La porte s'ouvrit et le gardien de la décharge fut là, en manches de chemise et en bretelles. Entre, Lester, dit-il.

Ballard entra, l'œil fureteur, la figure tendue d'un sourire de porcelaine. Mais personne n'était là pour le voir. Une jeune fille était assise sur un siège de voiture avec un bébé dans les bras, et lorsque Ballard entra, elle se leva pour passer dans la pièce à côté.

Viens par ici et chauffe-toi avant que t'attrapes la mort, dit le gardien de la décharge, se dirigeant vers le poêle.

Où sont tous les autres ? dit Ballard.

Tiens, dit l'homme, ils sont tous partis d'ici.

Ta dame, elle est pas partie ?

Oh non. Elle est en visite chez sa sœur et chez les filles. Elles sont toutes parties, les filles, à part la plus jeune. On a encore deux des p'tits ici.

Comment ça se fait qu'elles soient parties tout d'un coup comme ça ?

J'en sais rien, dit le gardien. Les jeunes d'aujourd'hui, on peut plus rien leur dire. Tu devrais être fier, Lester, de t'être jamais marié. C'est que du chagrin, du vrai crève-cœur, t'es pas récompensé. Tu te fais que des ennemis dans ta propre maison et qui grandissent que pour mieux te maudire.

Ballard présenta son postérieur au feu. Ben, dit-il. J'y ai jamais pensé.

C'est là que t'es malin, dit le gardien de la décharge.

Ballard acquiesça silencieusement d'un hochement de tête.

J'ai entendu dire que t'avais brûlé chez toi, dit-il.

Du haut en bas, dit Ballard. Vous auriez vu ce feu.

Comment est-ce qu'il a pris ?

J'en sais rien. Ça a commencé dans le grenier. Y a dû y avoir des étincelles qui sont sorties de la cheminée.

T'étais en train de dormir ?

Ouais. J'ai eu que le temps de sortir.

Qu'est-ce qu'il a dit Waldrop ?

J'sais pas. Je l'ai pas vu. Je vais pas aller le chercher.

Tu peux te vanter de pas avoir fait comme le vieux père Parton, là-haut, il a brûlé dans son lit c'te fois-là.

Ballard se retourna pour se chauffer les mains au poêle. Est-ce qu'on en a retrouvé quèque chose ? dit-il.

Quand il parvint en haut de la combe, il se reposa en regardant derrière lui pendant ce temps. Les traces qu'il suivait étaient remplies d'eau et elles partaient dans la montagne mais n'en redescendaient pas. Il les perdit plus tard, en trouva d'autres et passa l'après-midi dans les bois qu'il arpenta comme n'importe quel chasseur, mais quand il revint dans la grotte à la nuit presque tombée, les pieds gourds dans ses chaussures qui prenaient l'eau, il n'avait pas trouvé de whisky et n'avait pas vu Kirby.

Il tomba sur Greer le matin suivant. Il s'était mis à pleuvoir d'une petite pluie froide d'hiver que Ballard maudit. Il baissa la tête, fourra son fusil sous le bras et s'écarta d'un pas pour passer mais l'autre l'en empêcha.

Comment va, dit-il.

Comment va, dit Ballard.

T'es bien Ballard, toi ?

Ballard ne releva pas la tête. Il regardait les chaussures de l'homme là, au milieu des feuilles mouillées sur la piste des grumes envahie d'herbe. Il dit : Non, je suis pas lui et continua son chemin.

Bon Dieu, ils m'ont pincé, Lester, dit Kirby.

Y t'ont pincé ?

J'suis en liberté surveillée pour trois ans.

Ballard fouilla du regard la petite pièce, avec son lino au plancher et ses meubles bon marché. Ben merde alors, dit-il.

C'est pas une vacherie, ça ? J'aurais jamais cru que ça serait des négros.

Des négros ?

Ils ont envoyé des négros. C'est à eux que j'ai vendu. Je leur en ai vendu trois fois. Y en a un qui s'est assis juste là, dans cette chaise et qu'en a bu une pinte. Il l'a bue, il s'est levé, il est sorti et il est monté dans sa voiture. J'ai pas vu comment qu'il avait fait. Il a pu conduire pour ce que j'en sais. Ils ont pincé tout le monde. Ils ont même eu la vieille Bright, là-haut dans le comté de Cocke, elle qui vendait du whisky bien avant que j'sois né.

Ballard se pencha et cracha dans une boîte de conserve posée par terre. Merde alors, dit-il.

C'est sûr que j'aurais jamais cru ça d'eux qu'ils envoyent des négros, dit Kirby.

Ballard se tenait devant la porte. Il n'y avait pas de voiture dans l'allée. Un pâle trapèze de lumière jaune s'allongeait sur la boue sous la fenêtre. A l'intérieur, le jeune idiot se traînait par terre et la petite était pelotonnée sur le canapé en train de lire un magazine. Il leva la main et frappa.

Lorsque la porte s'ouvrit, il resta là, arborant déjà son sourire écœurant, les lèvres sèches, distendues au-dessus des dents. Salut, dit-il.

Il est pas là, dit la petite. Elle se tenait, déhanchée, dans l'encadrement de la porte et le regardait d'un air de franche indifférence.

A quelle heure que tu l'attends ?

Je sais pas. Il a emmené m'man à l'église. Y seront pas là avant dix heures et demie, onze heures.

Bon, dit Ballard.

Elle ne dit rien.

Ça a tourné au froid, on dirait ?

C'est de rester là avec la porte ouverte.

Ben, tu me fais entrer une minute.

Elle eut une hésitation avant de refermer la porte. On pouvait le voir dans son regard. Mais elle le laissa entrer, bêtement.

Il entra en traînant les pieds, tapant ses mains l'une contre l'autre. Comment va ce grand garçon ? dit-il.

Il est plus dingue que jamais, dit-elle, en se dirigeant vers le canapé et son magazine.

Ballard s'accroupit devant l'idiot sale et couvert de bave et ébouriffa le crâne presque chauve. Ce garçon-là, il est pas bête, dit-il. Hein, qu'il est pas bête ?

Va donc, dit la fille.

Ballard la lorgna. Elle portait un pantalon rose en coton bon marché et elle était assise sur le canapé, les jambes repliées sous elle, avec un oreiller sur les genoux. Il se leva et alla vers le poêle devant lequel il se tint, le dos tourné à la chaleur. Le poêle était entouré jusqu'à hauteur de taille de grillage à poulailler. Les piquets étaient fixés au sol et la clôture était clouée aussi. Je parie qu'il pourrait renverser ça s'il voulait, dit Ballard.

J'le fesserais à lui en faire passer l'envie, dit la fille.

Ballard l'observait. Il prit un air rusé et sourit. Y serait pas à toi, des fois ? dit-il.

Le visage de la fille se ferma. Espèce de dingue de merde, dit-elle.

Ballard la reluquait. De la buée montait de ses jambes de pantalon sombres. Tu me prends pour un idiot ou quoi, dit-il.

T'es qu'un menteur, dit la fille.

Tu voudrais bien que j'le sois.

Tu ferais mieux de te taire.

Ballard se tourna pour se chauffer le devant. Une voiture passa sur la route. Ils tendirent tous deux le cou pour suivre le trajet des phares. Elle se retourna, le vit et fit une grimace le cou allongé comme celui d'une poule pour se moquer de lui. L'enfant sur le plancher restait assis à baver et n'avait pas bougé.

Ça serait pas par hasard de ce dingue de fils Thomas ? dit Ballard.

La petite le regarda. La figure empourprée et les yeux rouges.

Tu t'serais pas planquée dans les buissons avec ce dingo des fois ?

Tu ferais mieux de la fermer, Lester Ballard. J'vais le dire à papa.

Je vais l'dire à papa, pleurnicha Ballard.

Attends un peu pour voir.

Va donc, dit Ballard. C'était seulement pour te chiner.

Pourquoi que tu t'en vas pas.

Je parie que t'es trop jeune pour repérer quand un homme te taquine.

T'es même pas un homme. T'es qu'un malade.

Y se peut que j'sois plus que ce que tu crois, dit Ballard. Comment ça s'fait qu'tu portes ce pantalon ?

Qu'est-ce ça peut te faire ?

Ballard avait la bouche sèche. On peut rien voir, dit-il.

Elle le regarda bêtement, puis elle rougit. J'ai rien à te faire voir, dit-elle.

Ballard fit quelques pas raides vers le canapé, puis s'arrêta au milieu du plancher. Pourquoi tu me montres pas ces jolis petits nénés, dit-il d'un ton rauque.

Elle se leva et lui indiqua la porte. Tu sors de là, dit-elle. Immédiatement.

Allez, dit Ballard d'une voix sourde. Je te demanderai rien d'autre.

Lester Ballard, quand papa rentrera, il te tuera. Quand j'te dis de t'en aller, je sais ce que j'dis. Elle tapa du pied.

Ballard la regarda. D'accord, dit-il. Si c'est ce que tu veux. Il alla vers la porte et l'ouvrit, sortit et referma la porte derrière lui. Il l'entendit tirer le loquet. Dehors, la nuit était claire et froide et la lune était entourée d'un large anneau dans le ciel. L'haleine de Ballard s'élevait blanche vers l'obscurité des cieux. Il se retourna pour regarder la maison. La fille l'observait du coin de la fenêtre. Il redescendit l'allée défoncée vers la route, traversa le fossé, longea le bord de la cour et retraversa en direction de la maison. Il reprit le fusil là où il l'avait posé contre un pommier, longea la maison, grimpa sur un muret de parpaings et dépassa la corde à linge et le tas de charbon jusqu'à un endroit d'où il pouvait voir par la fenêtre. Il pouvait voir le dos de sa tête au-dessus du canapé. Il l'observa un moment puis leva le fusil, l'arma et pointa le viseur sur sa tête. Il venait à peine de le faire qu'elle se leva soudain du canapé pour se tourner face à la fenêtre. Ballard fit feu.

Le claquement du fusil résonna outrageusement fort dans le silence froid. Derrière la toile d'araignée de verre, il la vit s'affaisser, puis se redresser. Il enfonça une autre cartouche dans le chargeur et leva le fusil et puis la fille tomba. Il sauta à terre et farfouilla dans la boue gelée pour retrouver la douille vide, mais sans succès. Il contourna la maison à toutes jambes pour arriver sur le devant et escalada les marches branlantes pour s'arrêter net contre la porte. Espèce de con, dit-il. Tu l'as entendue mettre le verrou. Il sauta sur le sol, courut derrière la maison et pénétra sur une galerie basse grillagée, poussa la porte de la cuisine qu'il franchit et passa dans la pièce de devant. Elle était allongée par terre mais elle n'était pas morte. Elle bougeait. Elle avait l'air de vouloir essayer de se relever. Un mince ruisseau de sang coulait sur le linoléum jaune et disparaissait, noir, absorbé par le bois du parquet. Ballard étreignit son fusil et la regarda. Crève donc, sale conne, dit-il. Elle mourut.

Lorsqu'elle eut cessé de bouger, il fit le tour de la pièce pour ramasser des journaux et des magazines et les déchiqueta. L'idiot le surveillait, muet. Ballard arracha le grillage qui entourait le poêle et le renversa d'un coup de pied. Le tuyau s'écrasa dans la pièce dans un nuage de suie. Il ouvrit brutalement la porte du poêle et des braises chaudes roulèrent à l'extérieur. Il entassa des journaux. Bientôt un feu s'éleva au milieu de la pièce.

Ballard souleva la morte. Elle était gluante de sang. Il la mit sur son épaule et regarda autour de lui. Le fusil. Il était posé contre le canapé. Il le prit et regarda partout, affolé. Déjà le plafond de la pièce se remplissait d'un bouillonnement de fumée en strates et de petits feux léchaient le parquet de bois nu à l'extrémité du linoléum. Tandis qu'il détalait à toute vitesse par la porte de la cuisine, la dernière chose qu'il vit à travers la fumée fut le jeune idiot qui restait assis à le regarder, l'œil rond comme une baie, sale et impavide au milieu des flammes peintes.

Ballard marchait sur la route près du sommet de la montagne lorsque le shérif s'arrêta derrière lui en voiture. Il demanda à Ballard de poser son fusil mais Ballard ne bougea pas. Il se tenait sur le bas-côté de la route, raide comme un piquet, le fusil à la main, et il ne se retourna même pas pour voir qui avait parlé. Le shérif sortit son revolver par la fenêtre et l'arma. On put entendre très distinctement dans l'air froid le déclic du chien et le déclic du cran de sûreté du barillet. Mon gars, tu ferais mieux de le poser par terre, dit le shérif.

Ballard planta la crosse du fusil sur la route et le lâcha. Il tomba dans les buissons sur le bord de la route.

Tourne-toi.

Maintenant, viens par ici.

Maintenant, reste là une minute.

Maintenant, monte là-dedans.

Maintenant, lève les bras.

Si vous laissez mon fusil ici, quelqu'un va le prendre.

Je m'en occupe de ton foutu fusil.

L'homme derrière le bureau avait joint les mains devant lui comme s'il allait prier. Derrière le bout de ses doigts, il dévisageait Ballard. Eh bien, dit-il, si vous n'aviez rien fait de mal, qu'est-ce que vous alliez faire dans les buissons pour que personne ne vous trouve ?

Je sais comment qu'ils vous traitent, murmura Ballard. Y vous foutent en prison et vous tabassent à mort.

Cet homme a-t-il jamais été maltraité ici, Shérif ?

Il sait bien que non.

On me dit que vous avez injurié l'adjoint Walker. Est-ce que c'est vrai ?

Qu'est-ce que vous cherchiez là-bas ?

Je regardais juste.

M. Walker ne va pas vous dire ce que vous devez dire.

Y pourrait me dire ce qu'y faut pas dire.

C'est vrai que vous avez incendié la maison de M. Waldrop ?

Non.

Vous habitiez dedans à l'époque où elle a brûlé.

C'est un… je l'ai pas fait. J'étais parti d'là bien avant ça.

Le silence régna dans la pièce. Au bout d'un moment, l'homme derrière le bureau baissa les mains et les croisa sur ses cuisses. Monsieur Ballard, dit-il. Il va falloir que vous trouviez un autre genre de vie ou bien il faudra aller vous faire voir ailleurs.

Ballard entra dans la boutique et claqua la porte bardée de fer derrière lui. La boutique était vide à part M. Fox qui fit un signe de tête à ce petit client à l'expression tourmentée. Le client ne lui rendit pas son salut. Il parcourut les rayons, faisant son choix parmi les marchandises, les conserves, toutes classées avec leurs étiquettes sur le devant, trouant les belles rangées avec violence et empilant le tout sur le comptoir en face du commerçant. Pour finir, il s'approcha de la vitrine de viande. M. Fox se leva et revêtit un tablier blanc, avec des traces de sang anciennes décolorées en rose pâle, se le noua dans le dos, s'approcha de la vitrine et alluma une lampe qui illumina des saucissons de mortadelle, des fromages et un plateau de minces côtelettes de porc parmi les saucisses et les marinades.

Coupez-moi une demi-livre de cette mortadelle, dit Ballard.

M. Fox la sortit, la posa sur le billot, prit un couteau et se mit à en découper de fines tranches. Il les empila une par une sur un morceau de papier de boucher. Lorsqu'il eut terminé, il reposa le couteau et plaça le papier sur la balance. Ballard et lui regardèrent l'aiguille osciller. Et avec ça, dit l'épicier, attachant le paquet de viande avec une ficelle.

Donnez-moi un peu de ce fromage-là.

Il acheta une poche de tabac et resta là à se rouler une cigarette, tout en montrant ses achats d'un signe de tête. Faites le compte, dit-il.

L'épicier chiffra la marchandise sur son calepin, faisant glisser les produits d'un côté à l'autre du comptoir au fur et à mesure. Il releva ses lunettes d'un coup de pouce.

Cinq dollars et dix cents, dit-il.

Vous me mettez ça sur le compte, dit-il.

Ballard, quand allez-vous me payer ?

Bon. Je peux vous en payer un peu aujourd'hui.

Combien.

Bon. Disons trois dollars.

L'épicier marquait des chiffres sur son carnet.

Combien je vous dois en tout ? dit Ballard.

Trente-quatre dollars et dix-neuf cents.

Ça compris ?

Ça compris.

Bon, j'vais vous donner quatre dollars et dix-neuf cents et y restera plus que trente tout ronds.

L'épicier regarda Ballard. Ballard, dit-il, quel âge avez-vous ?

Vingt-sept ans malgré que ça vous regarde pas.

Vingt-sept ans. En vingt-sept ans vous n'avez pas trouvé le moyen de mettre plus de quatre dollars et dix-neuf cents de côté ?

L'épicier faisait des calculs sur son calepin.

Ballard attendait. Vous comptez quoi ? demanda-t-il soupçonneux.

Une minute, dit l'homme. Au bout d'un moment, il leva le carnet en plissant les yeux. Eh bien, dit-il, d'après mes calculs, à ce compte-là, il faudra cent quatre-vingt-dix ans pour rembourser les trente dollars. Ballard, j'ai déjà soixante-sept ans.

Mais c'est cinglé.

Bien entendu, ce calcul n'est valable que si vous n'achetez rien d'autre.

Mais c'est complètement cinglé.

Bon, j'ai peut-être fait une erreur dans les chiffres. Vous voulez vérifier ?

Ballard repoussa le calepin que l'épicier lui tendait. Je ne veux pas regarder ça, dit-il.

Eh bien, je crois que ce que je vais faire ici c'est essayer de réduire mes pertes. Alors, si vous n'avez que quatre dollars et dix-neuf cents pourquoi ne pas prendre que quatre dollars et dix-neuf cents de marchandises.

Le visage de Ballard était agité de tics.

Qu'est-ce que vous voulez laisser, dit l'épicier.

J'laisse rien, bon Dieu, dit Ballard, posant les cinq dollars et plaquant la pièce de dix cents sur le comptoir.

Ballard traversa la montagne pour se rendre dans le comté de Blount un dimanche matin au tout début de février. Il y avait une source sur le flanc de la montagne, en plein rocher. Agenouillé dans la neige au milieu des traces féeriques d'oiseaux et de chevrotains, Ballard se pencha au-dessus de l'eau verte, il but et examina son visage qui ondulait dans le bassin. Il esquissa un geste de la main vers l'eau, comme pour toucher la figure qui le regardait, mais il se leva, s'essuya la bouche et poursuivit son chemin à travers bois.

Des bois anciens et profonds. Autrefois, dans le monde, existaient des bois qui n'appartenaient à personne et ceux-ci en étaient. Il dépassa un tulipier abattu par le vent sur le flanc de la montagne et qui retenait haut, dans l'étau de ses racines, deux pierres de la taille de chariots, vastes tablettes sur lesquelles s'inscrivait seulement une histoire de mers disparues, avec d'antiques coquillages en camée et des poissons gravés dans le calcaire. Ballard, parmi les troncs d'arbres gothiques, presque désinvolte dans des vêtements trop grands pour lui, traversant des congères de neige jusqu'aux genoux, longeant la face sud d'une corniche de calcaire sous laquelle des oiseaux qui grattaient la terre nue s'interrompaient pour le regarder.

La route, lorsqu'il l'atteignit, ne portait aucune trace de

passage. Ballard y descendit et continua son chemin. Il était presque midi, le soleil était très intense sur la neige et la neige brillait de l'incandescence de myriades de cristaux. La route ensevelie se déroulait devant lui, presque effacée à travers les arbres et un ruisseau coulait sur le côté, noir sous des berceaux de glace, petites cavernes dentées de verre sous les racines d'arbres où l'eau clapotait, invisible. Dans l'herbe gelée du bas-côté s'enroulaient de blancs rubans de givre, formés on ne sait comment. Ballard en croqua un au passage, le fusil sur l'épaule, les pieds énormes de neige, là où elle collait après les sacs dont il les avait enveloppés.

Bientôt il arriva devant une maison, silencieuse dans le paysage silencieux, un grossier foulard de fumée se dépliant hors de la cheminée. Il y avait des traces de pneus sur la route, mais elles avaient été recouvertes de neige pendant la nuit. Ballard descendit le long de la montagne, dépassa d'autres maisons et les ruines d'une tannerie sur une route fraîchement empruntée, les traces cordées des chaînes de pneus virant vers les bois blancs et une rivière de jade virant vers les montagnes en direction du sud.

En arrivant à la boutique, il s'assit sur une caisse sur la galerie et, à l'aide de son couteau de poche, coupa la ficelle qui s'enroulait autour de ses jambes et de ses pieds, retira les sacs, les secoua et les étendit sur la caisse avec les morceaux de ficelle, puis se releva. Il portait des chaussures basses, noires, trop grandes pour lui. Le fusil, il l'avait laissé sous le pont en traversant la rivière. Il secoua les pieds, ouvrit la porte et entra.

Un groupe d'adultes et de jeunes étaient rassemblés autour du poêle et ils s'arrêtèrent de parler quand il entra. Ballard s'approcha de l'arrière du poêle, saluant d'un signe de tête imperceptible les occupants du magasin. Il tendit les mains à la chaleur et regarda tranquillement alentour. Ça vous va, ce froid ? dit-il.

Personne ne dit ni oui ni non. Ballard toussa et se frotta les mains l'une contre l'autre et traversa en direction du distributeur de boissons, obtint une orangeade, l'ouvrit, prit un gâteau et paya au comptoir. L'épicier laissa tomber la pièce dans la caisse et referma le tiroir. Il dit : C'est un vrai spectacle cette neige, vous ne trouvez pas ? dit-il.

Ballard en fut d'accord, appuyé sur le comptoir, mangeant le gâteau et avalant la boisson à petites gorgées. Au bout d'un moment il se pencha vers le commerçant. Vous avez pas besoin d'une montre des fois ?

Quoi ? répondit l'homme.

Une montre. Vous en auriez pas besoin d'une ?

Le tenancier regarda Ballard bêtement. Une montre ? dit-il. Quel genre de montre ?

J'en ai de plusieurs sortes. Voilà. Ballard posant sa boisson et son gâteau à moitié mangé sur le comptoir et fouillant dans ses poches. Il en sortit trois bracelets-montres et les étala. Du doigt, l'homme les remua une ou deux fois. J'ai pas besoin de montre, dit-il. J'en ai dans le comptoir là-bas qui sont là depuis un an. Ballard jeta un regard à l'endroit indiqué. Quelques montres poussiéreuses sous cellophane, au milieu des chaussettes et des résilles.

Qu'est-ce vous prenez pour les vôtres ? demanda-t-il.

Huit dollars.

Ballard fixa dubitativement les montres du marchand. Bon, dit-il. Il termina le gâteau et attrapant ses propres montres par le bracelet, prit sa boisson et traversa la salle vers le poêle. Il tendit les montres, les présentant avec hésitation à l'homme le plus proche de lui. Vous auriez pas besoin d'une montre, des fois ? dit-il.

L'homme jeta un coup d'œil aux montres et regarda ailleurs.

Fais-nous voir ça par ici, mon pote, dit un gros type près du poêle.

Ballard tendit les montres.
Qu'est-ce t'en demandes ?
J'pensais en tirer cinq dollars.
Quoi, pour les trois ?
Puis quoi encore. Cinq dollars chaque.
Merde.
Fais voir celle-là, Orvis.
Attends une minute que j'la regarde.
Fais voir.
Ça c'est de la bonne montre.
Donne-la-moi. Qu'est-ce tu veux de celle-là ?
Cinq dollars.
J't'en donne deux et j'te demande pas où c'est que tu l'as eue.
J'peux pas.
Montre-moi l'autre, Fred. Qu'est-ce qu'elles ont qui va pas ?
Y a rien qui marche pas. Vous les entendez pas, non ?
J't'en donne trois pour la dorée.
Ballard les regarda l'un après l'autre. J'prends quatre, dit-il, et prenez celle que vous voulez.
Qu'est-ce tu demandes du tout ?
Ballard additionna des chiffres dans le vide pendant un moment. Douze dollars, dit-il.
Bon Dieu, c'est pas une affaire. On t'fait pas un rabais sur les lots ?
C'est tout ce que t'as comme montres ?
Juste ces trois-là, c'est tout.
Tiens. Rends-lui donc.
Alors Orvis, c'est pas aujourd'hui qu'tu te lances dans la montre ?
J'arrive pas à faire baisser mon vendeur.
Qu'est-ce tu m'en donnes alors ? dit Ballard.
J'donne huit dollars pour les trois.
Ballard jaugea les hommes du regard. Ils l'observaient

pour voir à quel prix des montres d'occasion partiraient ce dimanche matin. Il les soupesa un moment dans sa main et les tendit. Elles sont à toi, dit-il.

L'acquéreur de montres se leva, remit l'argent et les prit. Tu veux celle-là pour trois dollars ? dit-il à son voisin.

Ouais, donne.

Quelqu'un d'autre en veut une pour trois dollars ? Il leva la montre qui restait.

L'autre type qui avait regardé les montres allongea une jambe sur le plancher et fouilla dans sa poche. J'te la prends, dit-il.

Qu'est-ce tu demandes pour celle que t'as, Orvis ?

Cinq peut-être.

Merde. T'en as mis que deux là-dedans.

Mais celle-là c'est une bonne montre.

En arrivant à la rivière, Ballard jeta un regard circulaire sur la campagne blanche et déserte, puis il descendit de la route pour aller sous le pont. Remontant la rivière, il y avait des traces de pas qui n'étaient pas les siennes. Ballard grimpa sous les étais et atteignit la poutre sur laquelle il avait laissé son fusil. Là, pendant un moment, il chercha fébrilement, parcourant de la main le béton, l'œil fixé sur la rivière et les traces de pas, là-bas, qu'il suivrait bientôt jusqu'à la fin de sa vie. Puis sa main se referma sur la crosse du fusil. Il le fit descendre, en jurant, le cœur martelant à grands coups. Essaye un peu voir, larmoya-t-il à l'intention des traces dans la neige. Sa voix sous les arches du pont revint, caverneuse et étrangère, et Ballard en écouta l'écho, la tête penchée comme un chien, puis il escalada la berge et entreprit de remonter la route.

Il faisait noir lorsqu'il atteignit la grotte. Il rampa à l'intérieur, craqua une allumette, trouva la lampe, l'alluma et la posa auprès du cercle de pierres qui marquaient le foyer. Les parois les plus proches de la caverne se composèrent hors de la nuit permanente en une draperie de plis de pierre blanchâtre et une faille apparut dans la voûte, avec une rangée de dents de calcaire ruisselantes. Dans le trou de fumée noir, tout en haut, les étoiles lointaines et sans paupières des Pléiades brûlaient, froides et absolues. Ballard donna un coup de pied dans le feu et dégagea quelques charbons couleur de cerise terne au milieu des cendres et des os. Il alla chercher de l'herbe sèche et des brindilles, alluma le feu, retourna dehors avec sa poêle, la rapporta pleine de neige et la posa près du foyer. Son matelas était couché sur un tas de broussailles, avec les animaux en peluche dessus et ses quelques affaires étaient dispersées à travers la grotte au petit bonheur la chance.

Quand le feu eut pris, il ramassa sa torche électrique, traversa la salle et disparut dans un étroit boyau.

Ballard avança le long de corridors de pierre suintante dans les profondeurs de la montagne vers une autre salle. Arrivé là, sa torche courut sur une forêt de colonnes calcaires et sur ce qui ressemblait à de gigantesques urnes de pierre humides et difformes. Du sol de la grotte montait un cours d'eau souterrain. Il jaillissait, noir, dans un bassin de calcite et coulait le long d'un aqueduc étroit, là où la salle s'amenuisait en un trou noir. La lumière de Ballard dévia à la surface unie de l'eau comme sous l'effet de quelque étrange force souterraine. Partout l'eau gouttait, giclait et les parois humides de la caverne semblaient cirées ou laquées dans le rayon de lumière.

Il traversa la salle et suivit le ruisseau dans son périple à travers l'étroite gorge qu'il emprunta, l'eau se précipitant dans l'obscurité devant lui, tombant de flaque en flaque dans des vasques de pierre qu'elle avait façonnées et Ballard, agile sur les rochers et le long d'une corniche, gardant les pieds au sec, à cheval au-dessus du cours d'eau à certains endroits, sa lampe piégeant dans le fond de pierre blanchâtre du ruisseau de pâles écrevisses qui reculaient et viraient à l'aveuglette.

Il suivit ce parcours pendant un mile peut-être, avec tous ces détours, à travers ces goulets qui l'amenaient à avancer de profil comme un escrimeur, par un tunnel qui le fit mettre à plat ventre, l'odeur de l'eau à ses côtés dans l'auge riche de minéraux et des fientes crayeuses d'il ne savait quels animaux, puis il grimpa enfin dans une cheminée vers un couloir surplombant le cours d'eau et pénétra dans une grande caverne en forme de cloche. Ici les parois, avec leurs circonvolutions aux formes douces, salivantes de boue humide et rouge sang, avaient quelque chose d'organique, comme les viscères de quelque grande bête. Là dans les entrailles de la montagne Ballard dirigea sa lampe sur des saillies, des grabats de pierre où, tels des saints, des morts reposaient.

Ce fut un hiver affreusement froid. Il pensait qu'avant la fin il ressemblerait à l'un de ces âpres sapins qui poussaient sur la ligne de crête, courbés dans le sens du vent à travers les schistes et les lichens. En gravissant la montagne, dans le crépuscule bleu de l'hiver, parmi les gros rochers et les vestiges d'arbres géants couchés dans la forêt, il s'interrogea devant un tel bouleversement. Désordre des bois, arbres abattus, besoin de nouveaux sentiers. S'il en avait été chargé, Ballard aurait mis un peu d'ordre dans les bois et dans le cœur des hommes.

Il neigea de nouveau. Il neigea pendant quatre jours et lorsque Ballard redescendit de la montagne, il lui fallut la plus grande partie de la matinée pour arriver jusqu'à la crête qui surplombait le terrain de Greer. Là, il distingua le choc d'une hache amorti par la distance et la chute de neige. Il ne voyait rien. La neige était grise contre le ciel, douce sur ses cils. Elle tombait sans bruit. Ballard nicha le fusil dans son bras et se lança dans la pente qui menait vers la maison.

Il s'accroupit derrière la grange, à guetter les bruits de Greer. Là dans le bourbier et le fumier troués de profondes empreintes de sabots. Lorsqu'il traversa la grange, elle était vide. Le grenier était rempli de foin. Ballard se tint dans le renfoncement de la porte, regardant la forme grise de la maison en contrebas à travers la neige. Il se dirigea vers le poulailler, défit le fil de fer qui retenait le moraillon et entra. De leur nichoir contre le mur le plus éloigné, quelques poules blanches le suivirent d'un œil inquiet. Ballard passa devant une rangée de perchoirs et entra dans la réserve par une porte grillagée. Là il remplit ses poches de maïs égrené et revint. Il examina attentivement les poules, leur adressa un claquement de langue et tendit la main vers l'une d'elles. Elle jaillit du casier avec un long couac, passa en battant des ailes, s'abattit sur le sol et détala. Ballard jura. Dans la bagarre, les autres poules suivirent une par une, ou par deux. Il plongea et en agrippa une par la queue au moment où elle prenait son essor. Elle poussa des cris indignés jusqu'à ce que Ballard eût réussi à la saisir par le cou. Tenant des deux mains l'oiseau qui se débattait, son fusil entre les genoux, il sautilla jusqu'à la petite fenêtre tendue de toiles de poussière et jeta un coup d'œil dehors. Rien ne bougea. Saloperie, dit Ballard, à l'intention du poulet, de Greer, ou des deux. Il tordit le cou de la poule et visita rapidement les casiers pour ramasser les quelques œufs qu'il empocha, puis il ressortit.

Au printemps ou par temps plus doux lorsque la neige fond dans les bois, les traces de l'hiver réapparaissent sur de minces socles et elles révèlent le palimpseste d'anciennes divagations, de luttes, de scènes de mort ensevelies. Contes d'hiver ramenés au grand jour, comme le temps qui se retournerait sur lui-même. Ballard allait à travers bois, donnant du pied dans ses anciennes traces, là où elles s'incurvaient au-delà de la colline vers sa maison d'autrefois. Vieilles allées et venues. Les traces d'un renard ressortaient de la neige en intaille comme les petits champignons et les tachetures de baies, là où les oiseaux avaient chié sur la neige des fientes rouges comme du sang.

Quand il atteignit le surplomb, il posa son fusil contre les pierres et regarda la maison au-dessous de lui. Aucune fumée ne sortait de la cheminée. Ballard surveillait, les bras croisés. Il demanda à Greer où il était aujourd'hui. Un jour gris et plus froid, avec toute la neige fondue, figée dans sa stillation et son ruissellement. Ballard contempla la neige qui tombait comme de la cendre sur la vallée.

Où est-ce que t'es, fumier ? appela-t-il.

Deux minuscules napperons de neige se posèrent et se désagrégèrent sur les manches croisées de son manteau. Il poursuivit sa garde jusqu'à ce que la maison silencieuse s'estompât au-dessous de lui dans la grisaille de la neige qui tombait. Au bout d'un moment, il reprit son fusil et traversa la crête pour se rendre là où il pourrait apercevoir la route. Il n'y avait aucune allée et venue. Déjà la neige tombait tant qu'on ne voyait plus rien dans la vallée. Une giclée de petits oiseaux qui jaillirent de la neige et passèrent comme des feuilles balayées par le vent pour retomber dans le silence. Ballard s'accroupit sur ses talons le fusil entre les genoux. Il demanda à la neige de tomber plus vite, ce qu'elle fit.

Après que la neige eut cessé il y alla tous les jours. De son promontoire à un demi-mile de distance, il surveillait Greer qui sortait de la maison pour aller chercher du bois ou pour entrer dans la grange ou le poulailler. Dès qu'il était rentré, Ballard errait sans but dans les bois en parlant tout seul. Il élaborait des plans bizarres. Ses traces de pas traînants foulant les empreintes de vie plus ténues. Là où étaient passés des souris ou des renards chassant dans la nuit. Imprimatur de colombe d'une chouette qui fond sur sa proie.

Depuis longtemps il portait les dessous de ses victimes féminines mais maintenant il commençait aussi à se montrer avec leurs vêtements. Poupée gothique mal attifée, les lèvres carminées flottant comme détachées et vives sur le paysage blanc. Là-bas dans la vallée, les quelques toits piqués de rouille et des tortillons de fumée plus vagues. Les lacérations de boue rubanée que la route traçait dans la vallée blanche et au-dessus d'elle les plis et replis des montagnes avec le noir barrage de leurs membrures d'arbres hivernales et les cèdres d'un vert morne.

Ses empreintes à lui sortaient de la grotte, colorées par la boue rouge sang, et pâlissaient dans la pente comme si la neige lui cautérisait les pieds jusqu'à ne plus laisser que des traces blanches. Accompagné d'un vent tiède, un faux printemps arriva. La neige fondit en petites plaques de glace grise parmi les feuilles mouillées. Avec la venue de ce temps, les chauves-souris commencèrent à s'agiter quelque part au fin fond de la grotte. Un soir, Ballard, couché sur son grabat auprès du feu, les vit sortir de l'obscurité du tunnel et monter à travers le trou au-dessus de sa tête, voletant affolées dans la cendre et la fumée comme des âmes s'élevant des Enfers. Lorsqu'elles furent parties, il regarda les hordes d'étoiles froides étalées en travers du trou et se demanda de quoi elles étaient faites, de quoi lui était fait.

TROISIÈME PARTIE

C'est là, en bas, Shérif, dit l'adjoint du shérif.

Très bien. Allez jusqu'en haut et faites demi-tour.

Ils gravirent en voiture la route profondément embourbée, chassant légèrement et déroulant de longues bandes de boue humide sous leurs pneus jusqu'à ce qu'ils fussent parvenus à la boucle qui terminait la route. En redescendant, on pouvait voir les ornières qu'ils avaient tracées, là où ils avaient mordu sur l'herbe, on pouvait voir là où de jeunes arbres avaient été écrasés et où les traces de pneus continuaient vers le bas, à flanc de montagne.

Elle est là-bas, dit l'adjoint.

La voiture était couchée sur le côté, dans une profonde ravine, à quelques centaines de pieds au-dessous d'eux. Le shérif ne la regardait pas. Il regardait vers le haut de la route en direction du terre-plein. J'aurais bien voulu que nous soyons là trois jours plus tôt, quand il y avait encore de la neige par terre, dit-il. Allons voir.

Ils restèrent debout sur le côté de la voiture, soulevèrent la portière et l'adjoint descendit à l'intérieur. Au bout d'un moment, il dit : Il n'y a absolument rien là-dedans, Shérif.

Et dans la boîte à gants ?

Rien, rien du tout.

Regardez sous les sièges.

J'ai d'jà regardé.

Regardez plus à fond.

Lorsqu'il ressortit de la voiture, il tenait une capsule de bouteille à la main. Il la tendit au shérif.

Qu'est-ce que c'est ? dit le shérif.

C'est ça.

Le shérif considéra la capsule. Ouvrons le capot arrière, dit-il.

Dans le coffre il y avait un pneu de rechange, un cric et une clef à six pans, quelques chiffons et deux bouteilles vides. Le shérif se tenait les mains dans les poches, les yeux levés sur le versant du ravin situé du côté de la route. Si vous vouliez vous rendre d'ici à la route – ce qui serait le cas si vous étiez ici –, dit-il, comment est-ce que vous feriez ?

L'adjoint pointa le doigt. Je remonterais carrément par ce goulet, dit-il.

J'en ferais autant, dit le shérif.

Où pensez-vous qu'il soit parti ?

J'en sais rien.

Depuis combien de temps vous dites que sa vieille a dit qu'il était parti ?

Depuis dimanche soir.

Ils sont sûrs que la fille était avec lui ?

C'est ce qu'y disent. Ils étaient fiancés.

P'têt qu'ils se sont sauvés dans les bois ou quèque chose.

Ils n'étaient pas dans la voiture, dit le shérif.

Ah non ?

Non.

Alors, comment est-ce qu'elle est arrivée là ?

Je pense que quelqu'un l'a balancée là-dedans.

Bon, sans doute qu'ils se sont tirés ensemble. On ferait mieux de vérifier combien y devait sur la voiture. Ça pourrait…

Je l'ai fait. Elle est payée.

L'adjoint poussa quelques petits cailloux de la pointe de sa botte. Au bout d'un moment, il leva les yeux. Alors, dit-il. Où pensez-vous qu'y se soient rendus ?

J'pense qu'ils sont allés là où la fille est allée, celle qui était censée être avec le gars qu'on a retrouvé là-haut.

Elle était censée sortir avec le fils Blalock avec qui on a discuté.

Ouais, bon. Ces jeunes, ils ne perdent pas de temps à la manœuvre pour certains. Allons voir là-haut.

Ils remontèrent la route à pied jusqu'au terre-plein. A l'extrémité, ils trouvèrent des traces de chaussures dans la boue, le long du bas-côté. Plus loin, en bas du rond-point, ils en trouvèrent d'autres. Le shérif se contenta de hocher la tête en les voyant.

Qu'est-ce que vous en pensez, Shérif ? dit l'adjoint.

Rien. Il se peut que ce soit simplement l'endroit où quelqu'un est descendu pisser. Il regardait plus loin, en bas de la route. Est-ce que vous croyez, dit-il, que si vous aviez balancé une voiture d'ici, elle aurait pu aller aussi loin que là où nous sommes garés, tout en bas, avant de quitter la route ?

L'adjoint regarda avec lui. Bah, dit-il. C'est possible. Je dirais que c'est tout à fait possible.

J'en dirais autant, dit le shérif.

Les chaussures neuves de Ballard firent un bruit de succion dans la gadoue quand il s'approcha du pick-up. Il avait son fusil sous le bras et sa torche à la main. Lorsqu'il arriva au camion, il ouvrit la portière, braqua sa lampe et piégea dans son rayon jaune les visages blancs d'un garçon et d'une fille dans les bras l'un de l'autre.

La fille fut la première à parler. Elle dit : Il a un fusil.

Ballard avait la tête vide. Ils paraissaient être réunis là tous les trois pour quelque raison autre que la sienne. Il dit : Montrez-moi votre permis de conduire.

Vous n'êtes pas de la police, dit le gars.

C'est à moi de juger, dit Ballard. Qu'est-ce que vous foutez ici ?

On restait juste assis là, dit la fille. Elle portait une boutonnière de fougères en tulle sur l'épaule, avec deux roses en crêpe lie-de-vin.

Vous étiez pas sur le point de baiser par hasard ? Il étudiait leurs visages.

Attention, faites gaffe à ce que vous dites, dit le gars.

Essayez un peu de me faire taire.

Posez ce fusil et vous allez voir.

Si vous avez des envies de sauter comme une grenouille, faut pas vous gêner, dit Ballard.

Le gars se glissa vers le tableau de bord, mit le contact et commença à enclencher la vitesse.

Arrêtez ça, dit Ballard.

Le moteur ne démarra pas. Le type avait levé la main comme si, d'un coup de batte, il voulait écarter le canon du fusil quand Ballard lui tira dans le cou. Il tomba de côté sur les genoux de la fille. Elle joignit les mains sous le menton. Oh non, dit-elle.

Ballard introduisit une autre cartouche dans le chargeur. Je l'avais prévenu, cet idiot, dit-il. Je lui avais bien dit, non ? J'sais pas pourquoi les gens veulent pas écouter.

La fille regarda le gars, puis elle leva les yeux vers Ballard. Elle gardait les mains en l'air comme si elle ne savait pas où les mettre. Elle dit : Pourquoi est-ce que vous avez tiré, pourquoi est-ce que vous avez fait ça ?

Il avait le choix, dit Ballard. Je lui ai dit à cet idiot.

Oh mon Dieu, dit la fille.

Vous feriez mieux de sortir de là.

Quoi ?

Dehors. Sortez de là.

Qu'est-ce que vous allez faire ?

Ça, c'est moi qui le sais et à vous de voir.

La fille repoussa le gars, glissa le long du siège, et sortit dans la boue de la route.

Tournez-vous, dit Ballard.

Qu'est-ce que vous allez faire ?

Tournez-vous j'vous dis et ne vous occupez pas du reste.

J'ai envie d'aller aux toilettes, dit la fille.

Vous faites pas de souci pour ça, dit Ballard.

La faisant pivoter par les épaules, il posa le nez du fusil sur la base du crâne et fit feu.

Elle tomba comme si tous les os de son corps se liquéfiaient. Ballard tenta de la retenir mais elle s'affaissa dans la boue. Il agrippa la robe à l'encolure pour la relever mais le tissu se déchira dans son poing et à la fin il dut poser le fusil contre le pare-chocs du camion pour la prendre sous les bras.

Il la traîna dans l'herbe, à reculons, en regardant par-dessus son épaule. La tête ballottait et du sang coulait le long du cou ; Ballard lui avait fait perdre ses chaussures. Il respirait avec peine et le globe de ses yeux était blanc d'affolement. Il la posa dans les bois à moins de cinquante pieds de la route et se jeta sur elle, baisant la bouche encore tiède et la tripotant sous ses vêtements. Soudain, il s'arrêta et se releva. Il souleva la jupe et baissa les yeux. Elle s'était mouillée. Il jura, descendit sa culotte et tamponna les cuisses pâles à l'aide du bas de la jupe de la fille. Il avait son pantalon aux genoux lorsqu'il entendit le camion démarrer.

Le son qu'il émit ne fut guère différent de celui de la fille. Une sèche aspiration d'air, de terreur muette. Il bondit en remontant son pantalon et fonça à travers les broussailles vers la route.

Troll de la montagne rendu fou, cramponné d'une main à son pantalon maculé de sang et poussant des cris inarticulés, aigus, déments, jaillissant des bois et se précipitant sur la piste de gravier derrière un camion qui s'éloignait tous feux éteints, happé par l'obscurité dans la poussière montante. Dans la descente, il martela pesamment la montagne jusqu'à ce qu'il ne fût plus capable ni de courir ni d'avoir assez de souffle pour lui crier après. Bientôt, il s'arrêta pour boucler sa ceinture et titubant, se tenant le côté, effondré, respirant fort et se parlant à lui-même : T'iras pas loin, espèce de crevure. Il était à mi-chemin de la montagne quand il se rendit compte qu'il n'avait pas le fusil. Il s'arrêta. Puis, reprit tout de même la route.

Quand il déboucha sur la route de la vallée il baissa les yeux en direction de la grande route. La chaussée, sous le clair de lune, s'allongeait sous une traînée de poussière en légère suspension comme une rivière sous un manteau de brume aussi loin qu'il pouvait voir. Dans sa poitrine le cœur de Ballard pesait comme une pierre. Il s'accroupit dans la poussière de la route jusqu'à ce qu'il eût repris son souffle. Puis il se leva et repartit dans la montagne. Il tenta de courir tout d'abord mais en fut incapable. Il lui fallut presque une heure pour parcourir les trois miles jusqu'en haut.

Il trouva le fusil là où il était tombé du pare-chocs du camion, le vérifia et s'en alla ensuite dans les bois. Elle était couchée comme il l'avait laissée et elle était froide, raidie par la mort. Ballard hurla des obscénités à s'en étrangler puis il s'agenouilla, s'escrima à la charger sur ses épaules et se releva péniblement. Déboulant de la montagne avec cette chose sur le dos il ressemblait à un homme assailli par quelque abominable succube, la fille morte le chevauchant, les jambes écartées et repliées, telle une grenouille monstrueuse.

De l'ensellement de la montagne Ballard les observait, être minuscule qui ruminait ses pensées, accroupi là avec son fusil dans les bras. Il pleuvait depuis trois jours. La rivière très loin au-dessous de lui, hors de ses rives, les champs inondés, des nappes d'eau piquées d'herbes et de fourrages hivernaux. Les cheveux de Ballard pendouillaient de son crâne chétif en maigres cordelettes trempées et de l'eau grise dégoulinait de ses cheveux et du bout de son nez.

Dans la nuit, le flanc de la montagne clignotait de lampes et de torches. Les derniers fêtards de l'hiver parmi les arbres ou ceux qui comme les chasseurs s'interpellaient là dans le noir. Dans le noir Ballard passa au-dessous d'eux, se hâtant avec son misérable baluchon le long de tunnels de pierre au cœur de la montagne.

Vers l'aube il émergea d'un trou dans un rocher sur l'autre versant de la montagne et fureta du regard comme une marmotte avant de s'exposer à la lumière du jour grise et pluvieuse. Avec son fusil dans une main et son ballot de couverture plein d'affaires, il se mit en route à travers les bois clairsemés vers les terres dégagées qui étaient au-delà.

Il franchit une clôture pour arriver dans un champ à moitié inondé et se dirigea vers la rivière. Au gué, celle-ci était deux fois plus large que d'habitude. Ballard examina l'eau et descendit en aval. Au bout d'un moment, il revint sur ses pas. La rivière était totalement opaque, matière épaisse, couleur de brique, qui chuintait dans les roseaux. Tandis qu'il regardait, une truie noyée jaillit sur le gué, tournoya lentement, les mamelles roses et boursouflées, et disparut. Ballard planqua la couverture sur une éminence de laîches et retourna à la grotte.

Quand il revint au cours d'eau, celui-ci semblait avoir encore monté. Ballard portait un cageot plein de bric-à-brac hétéroclite, de vêtements d'homme et de femme, avec les trois énormes jouets en peluche, striés de boue. Ajoutant à ce fardeau le fusil et le baluchon de couverture qu'il avait déposés en bas, il entra dans l'eau.

La rivière grimpa le long de ses jambes en battements désordonnés d'ailes de chauve-souris. Ballard vacilla, reprit son équilibre et réassurant sa prise sur son chargement il repartit. Avant même d'avoir atteint le lit de la rivière il pataugeait jusqu'aux genoux. Quand l'eau lui arriva à la taille, il commença à jurer tout haut. Invocation vitriolée pour faire descendre les eaux. N'importe quel spectateur aurait compris qu'il ne reviendrait pas en arrière quand bien même la rivière l'eût englouti. Ce qui arriva. Il était en plein courant, jusqu'à la poitrine, luttant sur la pointe des pieds avec précaution, penché vers l'amont, lorsqu'un rondin surgit à toute vitesse. Ballard le vit arriver et jura. Le rondin tourbillonnait de toute sa largeur jusqu'à lui, comme animé d'une volonté mauvaise. Fous le camp, lui hurla-t-il, croassement rauque dans le rugissement de l'eau. Il arrivait sur lui, bondissant, entraînant dans son sillage un ménisque d'écume brun clair dans lequel flottaient noix, brindilles, un mince col de bouteille dressé qui battait comme un métronome.

Fous le camp, bon Dieu. Ballard repoussa le rondin du canon de son fusil. Il vira sur lui brusquement et Ballard l'enserra de son bras qui tenait le fusil. Le cageot chavira et disparut emporté par le courant. Ballard fonça avec le rondin dans les rapides en contrebas du gué et se perdit dans un tonnerre de bruits, tenant le fusil en l'air, d'une main, comme quelque héros dément, parodie dépenaillée d'affiche patriotique en train de couler, la bouche grande ouverte pour hurler sa fidélité jusqu'à ce que le rondin roule dans une nappe plus profonde et que les eaux se referment sur lui.

Il réapparut se débattant, crachant, et se mit à battre l'eau pour rejoindre la rangée de saules qui délimitait la berge submergée de la rivière. Il ne savait pas nager, mais comment un type comme lui aurait-il pu se noyer ? La rage semblait lui tenir lieu de bouée. Une pause dans le cours normal des choses sembla se produire en ce lieu. Regardez-le. On aurait pu dire qu'il était porté par ses semblables, des gens comme vous. Qu'il en avait peuplé le rivage et qu'ils l'appelaient. Une race qui nourrit les estropiés et les fous, qui veut de leur sang mauvais dans son histoire et l'obtient. Mais ils veulent la vie de cet homme. Il les a entendus dans la nuit qui le cherchaient avec des lanternes et des cris d'exécration. Pourquoi parvient-il à surnager ? Ou plutôt, pourquoi ces eaux ne le prennent-elles pas ?

Lorsqu'il atteignit les saules, il se releva et se rendit compte qu'il se tenait dans une eau profonde à peine d'un pied. Alors il se tourna et brandit le fusil tour à tour contre la rivière en crue, contre le ciel gris d'où la pluie continuait à tomber grise et sans relâche, et les jurons qui pleuvaient par-dessus le tonnerre de l'eau étaient emportés vers la montagne puis renvoyés comme des échos venus des failles du vacarme.

Il gagna la levée dans un jaillissement d'éclaboussures, se mit à décharger et à démonter le fusil, mettant les cartouches dans sa poche de poitrine, essuyant l'eau du fusil avec son index et soufflant dans le canon en marmonnant tout le temps. Il sortit les cartouches et les sécha du mieux qu'il put et rechargea le fusil et introduisit une balle dans le chargeur. Puis il se lança au trot en aval de la rivière.

La seule chose qu'il récupéra fut le cageot et il était vide. Une fois, plus loin en aval, il crut voir les ours en peluche rebondir sur la rivière en crue mais ils disparurent derrière une rangée d'arbres et il était déjà plus près de la grand-route qu'il ne le voulait, aussi fit-il demi-tour.

Pour finir, il traversa plus haut dans les montagnes. Une ravine escarpée et noire dans laquelle hurlait un torrent déchaîné. Ballard sur un rondin couvert de mousse, courbé sous son matelas trempé et taché de boue, avançait avec précaution, tenant le fusil devant lui. Comme l'eau était blanche, comme elle était constante dans sa forme dans les ressauts qui la précipitaient en contre-bas. Comme les rochers étaient noirs.

Lorsqu'il parvint à l'entonnoir sur la montagne le matelas était si lourd de pluie qu'il le faisait tituber. Il rampa dans un trou de la paroi de pierre du gouffre et y tira le matelas derrière lui.

Toute la nuit il hala ses affaires et toute la nuit tomba la pluie. Quand il traîna le dernier cadavre nauséabond couvert de moisissure à travers la paroi de l'entonnoir et dans les profondeurs du couloir sombre et suintant, à l'est le jour avait déjà troué le ciel larmoyant d'un pâle ruban gris. Ses empreintes dans les feuilles noires de la forêt avec les marques de talons traînants donnaient l'impression qu'un chariot était passé par là. Dans la nuit il avait gelé, Ballard monta à travers un champ d'herbes palmées de petites plaques de givre et entra dans un bois où les arbres étaient saisis dans la glace, leurs moindres brindilles pareilles à de petits os noirs pris dans le verre qui crissaient ou se brisaient dans le vent. Les revers de pantalon de Ballard avaient gelé en forme de double tambour qui tintait contre ses chevilles et dans ses chaussures ses orteils étaient quasiment morts. Il fit quelques pas hors de l'entonnoir pour voir le jour, tout près de fondre en larmes d'épuisement. Rien ne bougeait dans ce désert mort et fabuleux, les bois enguirlandés de fleurs de givre, les spires d'herbes surgies de fantasmagories de cristal blanc comme la dentelle de pierre sur le sol d'une grotte. Il n'avait cessé de jurer. Quelle que fût la voix qui lui parlait, ce n'était pas celle d'un démon mais celle d'une sienne dépouille qui serait revenue de temps à autre au nom de la raison, pour le retenir d'une main douce dans sa rage désastreuse.

Il prépara un feu sur le sol de la grotte auprès d'un ruisseau. La fumée s'amassait dans la voûte au-dessus et filtrait lentement à travers les myriades de fissures et de pores, s'élevant en une brume stygienne à travers les bois qui dégouttaient. Quand il tenta d'actionner le fusil, il était gelé à cœur. Il s'agenouilla sur le canon et s'y attaqua, tirant des deux mains sur le levier. N'ayant pas réussi à le faire céder, il jeta l'arme dans le feu. Mais l'en ressortit et la dressa contre la paroi avant qu'elle n'eût souffert d'autre dégât qu'une crosse roussie. Il écrasa de la chicorée sauvage dans une cafetière noircie qu'il plongea dans le ruisseau pour la remplir d'eau. Elle frémit, siffla et chanta dans les flammes. L'ombre de Ballard virait, noire et mutante sur les parois de pierre voûtées. Il sortit une casserole de pain de maïs en partie mangé, et la posa près du feu où les croûtes sèches se retroussaient telles des plaques d'argile dans une rigole d'été.

Au mitan noir du jour, il s'éveilla à moitié gelé et arrangea le feu. De cuisantes douleurs lui fusillaient les pieds. Il se rallongea. L'eau du matelas lui avait pénétré le dos et il était couché là, tremblant, les bras croisés sur la poitrine et au bout d'un moment, il fut de nouveau endormi.

Quand il se réveilla, ce fut le supplice. Il se rassit et attrapa ses pieds. Il hurla. A petits pas précautionneux il franchit le sol de pierre pour aller jusqu'à l'eau, s'assit et y plongea les pieds. Le ruisseau lui parut chaud. Il resta là à se tremper les pieds et à produire des sons incohérents à la limite du sanglot qui se renvoyaient en écho sur les parois de la grotte comme les murmures d'une bande de singes compatissants.

Le shérif du comté de Sevier descendit les marches du palais de justice jusqu'à la dernière pierre qui surplombait la pelouse inondée et parcourut du regard l'eau qui s'étendait, plate et grise, encombrée de débris, se prolongeant en paisibles canaux dans les rues et impasses, avec le sommet des parcmètres tout juste visible et au loin sur la gauche, l'esquisse la plus ténue d'un mouvement, morne plissement paresseux là où le courant de la rivière du Petit Pigeon entraînait l'eau stagnante des bas-fonds. Lorsque l'adjoint traversa la pelouse à la rame à bord de son embarcation, le shérif le regarda en hochant lentement la tête. L'adjoint fit louvoyer l'arrière de la barque et rama à l'envers jusqu'à ce que le tableau heurtât le perron de pierre.

Cotton, vous faites un sacré rameur.

Vous avez sacrément raison.

Où est-ce que vous étiez passé, bon Dieu ?

Le rameur accota les rames, le bateau pencha lourdement.

Vous allez pas monter sur vos grands chevaux comme Napoléon ? La raison pour laquelle je suis en retard, c'est parce qu'il m'a fallu coller une amende à Bill Scruggs.

Une amende ?

Ouais. Je l'ai pris alors qu'il fonçait dans Bruce Street avec son hors-bord.

Assez de conneries.

L'adjoint grimaça un sourire et plongea les avirons dans l'eau. A-t-on jamais rien vu de pire ? dit-il.

Il bruinait légèrement. Le shérif scrutait la ville inondée de sous le bord de son chapeau dégoulinant d'eau. Vous n'auriez pas aussi rencontré quelque part un vieux avec une grande barbe en train de construire un gros bateau ? dit-il.

Ils remontèrent la grande rue en ramant, passant devant des boutiques et de petits cafés inondés. Deux hommes sortirent d'un magasin avec une barque pleine de cartons souillés et de montagnes de vêtements en vrac. L'un ramait, l'autre pataugeait dans l'eau, derrière.

Bonjour Shérif, lança l'homme qui était dans l'eau, en levant la main.

Bonjour, Ed, dit le shérif.

L'homme du bateau fit un signe du menton.

Est-ce que M. Parker vous a vus ? dit l'homme dans l'eau.

C'est justement là que nous allons.

Il faudrait que le malheur rapproche les gens au lieu qu'y en ait certains qu'essayent de voler les autres.

Il y a des gens dont on ne peut rien tirer, dit le shérif.

Ça c'est bien vrai.

Ils continuèrent à ramer. Allez-y doucement, dit le shérif.

On y veille, dit l'homme qui était dans l'eau.

Ils pénétrèrent à la rame par la porte d'accès de la quincaillerie et l'adjoint borda les avirons. A l'intérieur, à la lumière d'une lampe, des gens se déplaçaient en pataugeant lourdement dans l'eau. Un homme grimpa dans la vitrine et dévisagea le shérif à travers le verre cassé.

Comment va, Fate, dit-il.

Ça va, Eustis.

Ce qu'ils ont pris de plus gros c'est les fusils.

C'est toujours ce qu'ils prennent.

J'sais même pas combien. J'ai l'impression qu'y se passera bien un an avant qu'on se rende compte de tout ce qui manque.

Pouvez-vous retrouver les numéros d'enregistrement ?

Pas avant que les eaux aient baissé. Si jamais ça arrive. Les fiches d'inventaire sont dans la cave.

Bon.

Il paraît que demain tout va s'arranger. Mais au point où on en est, je m'en fous complètement, pas vous ?

C'est la pire des crues que j'aie jamais vues depuis que je suis ici, dit le shérif.

Il paraît qu'il y en a eu une en 1885 et y en a qui disent que toute la ville a été sous l'eau.

C'est vrai ?

A ce que j'ai entendu dire, dit l'adjoint.

Ce que j'sais c'est qu'elle a brûlé à peu près une demi-douzaine de fois, dit le commerçant. Vous avez pas l'impression qu'il y a comme des endroits où le bon Dieu semble pas vouloir qu'on habite ?

Possible, dit le shérif. Il faut dire qu'ici il a affaire à un sacré lot de durs à cuire, vous croyez pas ?

Ah ça oui, putain.

Est-ce que je peux vous aider à quelque chose ?

Non. On essaye de récupérer un peu de marchandise. Je sais pas encore. C'est sûrement un sacré boxon.

Bon. Dès que vous aurez les numéros, faites-les-moi passer. Ils vont sûrement ressortir à Knoxville.

J'préférerais coincer les salauds qui les ont volés plutôt que d'récupérer les fusils.

Je vous comprends. Nous ferons de notre mieux.

Entendu.

Allons-y, je mets les machines en route et on part chercher le courrier.

L'adjoint sourit jusqu'aux oreilles et plongea les avirons dans l'eau grise parmi les bouteilles, les planches et les fruits qui flottaient.

A plus tard, Fate, dit le commerçant.

D'accord, Eustis. Ça me fout en rogne ce cambriolage chez vous.

Oui.

Ils ramèrent en amont de la rue, échouèrent la barque sur les marches du bureau de poste et entrèrent.

Bonjour, shérif Turner, dit une femme accorte, de derrière les barreaux de la fenêtre.

Bonjour, madame Walker, comment va ?

Un rien humide. Et vous ?

C'est vraiment quelque chose, cette inondation.

Elle poussa un paquet de courrier entre les barreaux.

Tout est là ?

Tout y est.

Il examina le courrier.

Vous n'avez pas retrouvé ces gens qui ont abandonné leurs voitures ?

Quand on en trouvera un, on trouvera tous les autres.

Quand allez-vous l'épingler celui-là ?

On les retrouvera.

J'ai jamais vu un endroit aussi moche, dit la femme.

Le shérif sourit. On a vu pire, dit-il.

En redescendant Bruce Street à la rame, on les héla d'une fenêtre à l'étage. Le shérif se renversa en arrière pour voir qui avait parlé, les yeux plissés dans la pluie fine.

Vous allez au palais de justice, Fate ?

Oui, j'y vais.

Vous pouvez m'emmener ?

Venez.

Le temps de prendre mon manteau, je descends tout de suite.

Un vieil homme apparut au sommet d'une volée de marches qui flanquaient un immeuble commercial en briques. Il referma la porte derrière lui, enfonça son chapeau et descendit l'escalier avec précaution. L'adjoint recula jusqu'à ce que l'arrière de la barque butât contre les marches et le vieil homme, s'agrippant lourdement à l'épaule du shérif, monta dedans et s'assit.

Aujourd'hui la patronne m'a dit comme ça : Tout ça c'est pour nous punir. La rançon du péché et tout le bataclan. J'lui ai dit qu'à ce compte-là tout l'monde dans le comté de Sevier devait être pourri pour mériter ça. Peut-être qu'elle le pense. Comment va, jeune homme ?

Bien, dit l'adjoint.

Voilà quelqu'un qui va pouvoir vous parler des Casquettes blanches, dit le shérif.

Les gens veulent pas entendre parler de ça, dit le vieil homme.

Cotton que voici trouve que ce serait pourtant une bonne idée, dit le shérif. Histoire de les faire filer droit.

Le vieil homme examina l'adjoint en train de ramer. Faut pas trop y croire, fiston, dit-il. C'était un ramassis de voleurs de bas étage, de lâches et d'assassins. Ils n'étaient bons qu'à battre les femmes, voler les vieillards et leurs économies. Les retraités et les veuves. Et à assassiner les gens dans leurs lits, la nuit.

Et les Becs bleus ?

C'était l'organisation censée combattre les Casquettes blanches, mais ils étaient tout aussi lâches. Dès qu'ils entendaient dire que les Casquettes blanches se rendaient quèque part, comme Pigeon Forge, ils y allaient, ils retiraient des planches du pont et se planquaient dans les buissons d'où y pouvaient les entendre passer au travers. Ils se sont couru après à travers tout le comté pendant deux ans et ils se sont jamais rencontrés, sauf une fois et par accident, dans un petit coin d'où aucune des deux bandes n'a pu se sauver. Non, c'était rien que des misérables, tous des salauds à trois cent soixante degrés, ce que voulait dire mon pater par là, c'est que c'était que des salopards quel que soit le point de vue où on se place.

Ça s'est terminé comment ?

Ça s'est terminé que le seul type qu'avait un peu de tripes dans le ventre s'est attaqué à eux, le type c'était Tom Davis.

Un vrai bulldozer y me semble monsieur Wade ?

Oui. Il n'était que l'adjoint du shérif Millard Maples quand il a fait sauter les Casquettes blanches. Il a fait trois ou quatre descentes à Nashville qu'il a payées de sa poche. Il a fait passer un décret rattachant la circonscription de circuit à la cour criminelle de Knoxville, de façon à avoir un nouveau juge à Sevierville et puis il s'est lancé après les Casquettes blanches. Ils ont essayé par tous les moyens de lui faire la peau. Ils ont même lancé un grand négro après lui, une nuit qu'il revenait de Knoxville. Dans ce temps-là, vous pouviez prendre le bateau à vapeur et ce négro il est descendu d'un autre bateau au milieu de la rivière et il a sorti un fusil pour le buter. Tom Davis lui a arraché le fusil et l'a simplement emmené en prison. Pendant ce temps-là les Casquettes blanches quittaient le comté en masse. Il se foutait bien où qu'ils allaient. Il les a ramenés du Kentucky, de la Caroline du Nord, du Texas. Il partait tout seul pendant des semaines, et les ramenait au bout d'une corde comme un troupeau de chevaux. C'est le type le plus formidable que j'aie connu. Un homme qu'avait de l'éducation. Il avait été maître d'école. Il y avait pas eu de démocrate élu dans le comté de Sevier depuis la guerre civile, mais quand Tom Davis s'est présenté pour être shérif, ils l'ont élu.

Vous vous souvenez pas de la crue de 1885 par hasard ? dit l'adjoint.

Bah, comme y s'trouve que c'est l'année où j'suis né, la mémoire me fait un peu défaut.

En quelle année est-ce qu'ils ont pendu les deux, monsieur Wade.

En 99. C'était Pleas Wynn et Catlett Tipton qui avaient assassiné les Whaleys. Ils les avaient sortis du lit et leur avaient fait sauter la cervelle devant leur petite. En prison pour deux ans, à faire appel et j'sais pas quoi encore. Y a eu aussi un Bob Wade impliqué là-dedans et je m'dépêche de dire qu'il n'était pas parent avec moi. Je crois qu'il est allé au pénitencier. Tipton et Wynn, ils les ont pendus sur la pelouse du palais de justice, juste là-bas. C'était justement le jour du 1er janvier. Je me souviens qu'il y avait encore des branches de houx et des bougies de Noël. On a dressé une grande estrade avec une trappe pour qu'ils tombent tous les deux dedans. Les gens s'étaient mis en route pour la ville la veille. Ils avaient dormi dans leur chariot, pour la plupart. Sur des couvertures étalées sur la pelouse du tribunal. N'importe où. Il n'y avait pas moyen d'obtenir un repas en ville, les gens faisaient la queue sur trois rangées. Des bonnes femmes vendaient des sandwiches dans la rue. Tom Davis était shérif à l'époque. Il les a sortis de prison, il a fait venir deux pasteurs, mis leurs femmes à leur bras et tout le bazar. Comme s'ils allaient à l'église. Ils sont tous montés sur l'échafaud et ils ont chanté et tout le monde s'est mis à chanter avec eux. Les hommes avec leur chapeau à la main. J'avais treize ans mais je m'en rappelle comme si c'était hier. La ville entière et la moitié du comté qui chantaient *Plus près de toi mon Dieu*. Puis le pasteur a dit une prière et les femmes ont embrassé leurs maris, sont descendues de l'échafaud et se sont retournées pour regarder et le pasteur est descendu et ç'a été un grand silence. Et puis la trappe s'est ouverte sous eux et ils ont été suspendus dans le vide, à gigoter et à donner des coups de pied pendant, j'sais pas moi, dix, quinze minutes. Faut pas croire que la pendaison soit rapide et sans douleur. Pas du tout. Mais ça a été la fin des Casquettes blanches dans le comté de Sevier. Depuis, les gens n'aiment pas en parler.

Vous pensez qu'à l'époque les gens étaient pires qu'ils ne sont maintenant ? dit l'adjoint.

Le vieil homme contemplait la ville inondée. Non, dit-il. Je pense que les gens n'ont pas changé depuis le jour que le bon Dieu les a créés.

Tandis qu'ils gravissaient les marches du tribunal, il leur raconta qu'un vieil ermite vivait autrefois sur la montagne de la Maison, gnome en guenilles avec les cheveux jusqu'aux genoux, vêtu de feuillages, et que les gens se rendaient près de son trou dans les rochers pour y jeter des pierres par provocation, et qu'ils l'appelaient pour le faire sortir.

Au printemps, Ballard observait deux faucons qui s'accouplaient et qui se laissaient tomber sans bruit, les ailes relevées, au sortir du soleil, pour remonter en spirale et s'évaser au-dessus des arbres en stridulant de nouveau leurs minces appels. Il les suivit des yeux pour voir si l'un des deux était blessé. Il ignorait comment les faucons s'appariaient mais ce qu'il n'ignorait pas c'est que toutes les créatures se battaient. Il quitta l'ancienne route à charrettes là où elle franchissait le col et emprunta un chemin qu'il entretenait lui-même, parcourant le versant de la montagne pour revoir la campagne qu'il avait autrefois habitée.

Il était assis le dos contre un rocher et se laissait pénétrer de sa tiédeur, avec le vent encore froid qui agitait la brande clairsemée de haute montagne, les fougères grises et cassantes. Il observa une charrette vide qui remontait la vallée au-dessous de lui avec son fracas lointain, la mule marquant une pause au gué, le roulement du véhicule immobile se poursuivant indifféremment, comme si le son engendrait sa propre substance qui continuait à lui parvenir tout entière aux oreilles. Il regarda boire la mule et puis l'homme sur le siège leva un bras et, désormais silencieux, ils ressortirent de la rivière sur la route et alors, de nouveau, arriva le lointain roulement de bois assourdi.

Il regardait la minuscule progression de toutes ces choses dans la vallée, les champs gris qui noircissaient et se cordaient sous la charrue, la lente occlusion verte que propageaient les arbres. Assis là, sur ses talons, il laissa tomber sa tête entre les genoux et se mit à pleurer.

Allongé tout éveillé dans l'obscurité de la grotte, il crut entendre un sifflotement comme quand il était petit dans son lit dans le noir et qu'il entendait siffler son père, joueur de fifre solitaire sur le chemin du retour à la maison, mais ce n'était que le son du ruisseau qui coulait dans la grotte pour se jeter peut-être dans des mers inconnues au centre de la terre.

Cette nuit-là, il rêva qu'il chevauchait à travers bois sur une crête basse. Au-dessous de lui, il pouvait voir des cerfs dans un pré là où le soleil tombait sur l'herbe. L'herbe était encore humide et les cerfs s'y enfonçaient jusqu'aux coudes. Il sentait l'épine dorsale de la mule rouler sous lui et il enserrait de ses jambes les flancs de la bête. Chacune des feuilles qui lui caressaient le visage rendait plus profondes sa tristesse et son angoisse. Chaque feuille qu'il passait, il ne la dépasserait plus jamais. Elles couraient sur son visage comme des voiles, certaines déjà jaunes, avec leurs veines pareilles à des os fragiles lorsque le soleil brillait au travers. Il s'était résolu à continuer car il ne pouvait revenir en arrière et le monde ce jour-là était plus ravissant que jamais et il chevauchait vers sa mort.

Un beau matin de mai, John Greer entreprit de creuser une fosse septique derrière sa maison. Pendant qu'il creusait, Lester Ballard affublé d'une atroce perruque et en jupe s'avança de derrière la cabane de la pompe, leva le fusil et arma silencieusement le chien, tirant la gâchette en arrière et la faisant glisser dans le cran à la manière des chasseurs.

Lorsqu'il fit feu, la pelle chargée de terre passait à hauteur de l'épaule de Greer. Longtemps après que le claquement de fusil fut allé mourir contre la montagne, il entendit le gong d'un destin inversé qui résonnait au-dessus du crâne de l'homme tandis que celui-ci, pétrifié sur place, la pelle en l'air et brillante de la giclure en médaillon du petit morceau de plomb, regardait ce qui pouvait bien se tenir là, apparition totalement sortie du néant qui jurait à mi-voix, actionnait le levier du fusil et s'attachait à lui avec une volonté aussi atroce. Il jeta la pelle au loin et se mit à courir. Ballard lui tira dessus au passage, ce qui ralentit son allure. Il lui tira encore une fois au travers du corps avant qu'il n'eût disparu au coin de la maison sans pouvoir dire où il l'avait touché. Lui-même courait maintenant, jurant ferme, actionnant de nouveau le levier du fusil, tournant à l'angle de la maison, un pied se dérobant presque sous lui en entaillant méchamment la boue, le fusil dans une main avec le pouce croché sur le chien, et il monta les escaliers d'une allure bizarrement sautillante pour se précipiter sur la porte.

On eût dit un objet arrivé en bout de course d'un élastique ou la victime d'un gag dû à l'astuce d'un monteur de film, avalé par la porte et renvoyé presque simultanément, éjecté par un immense choc en retour et qui tournoyait, un bras fouettant l'air d'un geste étrangement désarticulé dans un léger nuage de sang rose et de vêtements en charpie, tandis que le fusil claquait sans bruit sur les planches de la galerie au milieu du vacarme et que Ballard était un instant projeté sur son séant avant d'aller rebondir dans la cour.

Malgré la balle qui lui avait traversé le haut de la poitrine, Greer sortit en chancelant de l'entrée, le fusil à la main, et descendit les marches pour examiner la chose qu'il avait abattue. Au pied de l'escalier, il ramassa ce qui semblait être une perruque et comprit qu'elle avait été taillée dans un cuir chevelu humain.

Ballard se réveilla dans une chambre sombre, la nuit.

Il se réveilla dans une chambre claire comme le jour.

Se réveilla dans une chambre, à l'aurore ou au crépuscule – il ne fit pas la différence –, dans laquelle des atomes de poussière franchissant une barrière invisible de lumière flambaient brièvement au hasard en dérivant comme de minuscules lucioles. Il les étudia pendant un moment et puis leva la main. Aucune main ne se leva. Il leva l'autre et une mince rayure de lumière solaire jaune tomba sur son avant-bras. Il jeta un regard circulaire dans la pièce. Quelques récipients en inox sur une table en inox. Une carafe d'eau et un verre. Ballard, dans une mince chemise blanche, dans une mince chambre blanche, faux acolyte ou criminel aseptisé, praticien de l'horreur, goule à mi-temps.

Il était réveillé depuis quelques minutes quand il se mit à chercher son bras à tâtons.

En aucun cas celui-ci n'était dans le lit.

Il tira le drap qui le couvrait jusqu'au cou et examina le gros bandage du pansement de son épaule, apparemment sans surprise. Il regarda autour de lui. Une chambre à peine plus large que le lit. Il y avait une petite fenêtre derrière lui, mais il ne put voir dehors qu'en tendant le cou, ce qui lui fit mal.

Personne ne lui parla. Une infirmière entra avec un plateau d'aluminium et l'aida à s'asseoir, Ballard essayant encore de se servir de son bras manquant pour trouver son équilibre. Un bol de soupe, un bol d'entremets, un quart de lait frais dans un carton paraffiné. Ballard chipota la nourriture du bout de sa cuiller et se laissa aller en arrière.

Il était comme dans un rêve éveillé. Les fissures dans le plâtre jauni du plafond et du haut des murs semblaient agir sur son cerveau. Il fermait les yeux sans malgré tout cesser de les voir. Minces fêlures traversant son esprit rongé, par ailleurs vide. Il considéra la protubérance emmaillotée qui pointait de la manche courte de la chemise de l'hôpital du comté. Elle ressemblait à un énorme pouce couvert de pansements. Il se demanda ce qu'ils avaient pu faire de son bras et décida de s'en enquérir.

Quand l'infirmière arriva avec son dîner, il dit : Qu'est-ce qu'ils ont fait de mon bras ?

Elle déplia le dessus de la table et y posa le plateau. Il a été arraché d'un coup de fusil, dit-elle.

Ça, je sais. Je voulais simplement savoir ce qu'ils en ont fait.

Je ne sais pas.

Vous vous en foutez complètement, hein ?

Non.

Je le saurai. J'arriverai à le savoir. Qui c'est ce type tout le temps devant la porte ?

C'est un adjoint du comté.

Un adjoint du comté.

Oui, dit-elle. Et l'homme sur lequel vous avez tiré ?

Oui, quoi ?

Ça ne vous intéresse même pas de savoir s'il est mort ou vivant ?

Ben.

Il sortait son couvert de la serviette de lin.

Ben quoi ? dit-elle.

Ben, il est mort ou il est vivant ?

Il est vivant.

Elle le regardait. Il prit une cuiller de compote qu'il considéra et reposa. Il ouvrit le quart de lait et but à même le carton.

L'un comme l'autre, ça ne vous intéresse pas vraiment ? dit-elle.

Si, dit Ballard. J'aurais préféré qu'il crève, ce salaud.

Il mangeait, regardait fixement les murs. Il se servait du bassin ou du pot de chambre. Quelquefois il entendait une radio dans une autre chambre. Un soir, des gens qui semblaient être des chasseurs vinrent le voir.

Ils parlèrent un moment derrière la porte. Puis la porte s'ouvrit et la pièce se remplit d'hommes. Ils se rassemblèrent autour du lit de Ballard. Il venait de dormir. Il se redressa tant bien que mal et les dévisagea. Il en connaissait certains, d'autres pas. Son cœur se serra.

Lester, dit un homme à la forte carrure, où sont les corps.

J'sais pas de quels corps vous parlez.

Si, tu le sais. Combien de personnes est-ce que tu as descendues ?

J'ai descendu personne.

Mon œil. Tu as descendu la fille Lane et tu l'as brûlée avec ce bébé dans la maison et tu as tué ces gens dans les voitures garées sur la montagne de la Grenouille.

J'ai jamais fait ça.

Ils restaient calmement à le regarder. Alors l'homme dit : Lève-toi Lester.

Ballard remonta ses couvertures. J'ai pas la permission, dit-il.

Un homme s'approcha et rejeta les couvertures. Les jambes grêles de Ballard s'allongeaient blanches et jaunâtres sur le drap.

Lève-toi.

Ballard agrippa le bord de sa chemise de nuit pour se cacher. Il rejeta les jambes sur le côté du lit et resta assis là l'espace d'une minute. Puis il se mit debout. Il se rassit et se cramponna à la petite table. Où est-ce qu'on va ? dit-il.

Quelqu'un derrière tout le monde dit quelque chose mais Ballard ne saisit pas.

C'est tout ce que t'as à te mettre ?

Est-ce que je sais.

Ils ouvrirent un placard et regardèrent dedans mais il n'y avait que des balais-serpillières et un seau. Ils restèrent là à regarder Ballard. Il n'avait pas fière allure.

Nous ferions mieux de partir si nous y allons. Earl est sans doute allé chercher le shérif.

Allons-y, Ballard.

Ils le soulevèrent, le poussèrent vers la porte et refermèrent les rangs derrière lui. Une fois, Ballard jeta un regard en arrière vers le lit. Puis ils parcoururent le large couloir d'hôpital. Passèrent devant des portes ouvertes où des gens dans des lits le regardèrent partir, les pieds gelés sur le linoléum et les jambes un peu flageolantes tandis qu'il avançait.

C'était une fraîche nuit claire. Les yeux de Ballard se posèrent sur le froid lavis d'étoiles qui s'étendait au-delà des lampadaires dans le parking de l'hôpital. Ils traversèrent l'asphalte noir, rendu humide par une pluie récente, les hommes ouvrirent la portière d'un pick-up et l'invitèrent à l'intérieur. Il grimpa dans la cabine et s'assit les jambes nues, serrées devant lui. Des hommes montèrent de chaque côté, le moteur démarra et les phares s'allumèrent ainsi que ceux d'autres voitures et de pick-ups sur le parking. Ballard dut garer ses genoux comme un enfant pour que l'homme puisse atteindre le changement de vitesse. Ils quittèrent le parking et descendirent la rue.

Où est-ce qu'on va ? dit Ballard.

On le saura quand on y arrivera, dit le conducteur.

Ils roulèrent sur la grand-route vers les montagnes, caravane de pick-ups et de voitures. Ils s'arrêtèrent à une maison. Un homme sortit de la voiture derrière Ballard et se rendit à la porte. Une femme le fit entrer. A l'intérieur, à la lumière d'une ampoule nue, il aperçut la femme et quelques enfants. Au bout d'un moment l'homme ressortit, s'approcha du véhicule et tendit un ballot par la fenêtre. Dites-lui d'enfiler ça, dit-il.

Le conducteur tendit le paquet à Ballard. Mets-ça, dit-il. C'était une salopette avec une chemise de l'armée.

Il resta assis dans le camion, les vêtements sur les genoux et ils redémarrèrent. Ils tournèrent pour prendre un chemin de terre et serpentèrent à travers des collines basses avec les pins noirs qui s'engrenaient sous la lumière des phares dans les virages, puis ils prirent une autre route, envahie d'herbe, arrivant enfin dans un pré en altitude où les ruines d'une scierie se dressaient sous la lumière des étoiles. Un hangar avec des fenêtres dont les vitres étaient brisées à coups de pierre. Des piles de bois de charpente gris, un tas de sciure où vivaient des renards.

Le chauffeur du camion ouvrit la porte et descendit. D'autres véhicules se rangèrent à ses côtés et des hommes s'attroupèrent. Un bruit amorti de voix et de portes qui se referment. Ballard seul, les guibolles nues dans sa liquette sur le siège du camion.

Otis va le surveiller.

Pourquoi est-ce qu'on ne l'emmène pas simplement là-haut.

Il n'a qu'à rester là.

Comment ça se fait qu'il n'ait pas mis les vêtements.

La porte du camion s'ouvrit. T'as pas froid, dit un homme.

Ballard le regarda sans comprendre. Son bras lui faisait mal.

Dis-lui d'enfiler les vêtements.

Y veut que tu mettes ces vêtements-là, dit l'homme.

Ballard se mit à chercher dans le paquet les ouvertures des bras et des jambes.

Otis, tu le surveilles.

Tu crois pas qu'on devrait lui attacher les mains.

Tu pourrais lui attacher les mains à une jambe, comme une mule.

Jerry, tu veux remettre cette bouteille où tu l'as prise. On n'est pas là pour rigoler.

Ballard avait mis la chemise et s'efforçait de la boutonner. Il n'avait jamais essayé d'attacher une chemise d'une seule main et il avait du mal. Il mit la salopette et fixa les bretelles. Elle était douce au toucher et sentait le savon, il y avait de la place pour deux Ballards à l'intérieur. Il coinça la manche de chemise vide dans la salopette et regarda autour de lui. Un type, accroupi dans la caisse du camion avec un fusil de chasse, le surveillait par la lunette arrière. Sur la colline, près de la scierie, un feu crépitait dans le vent et les hommes étaient rassemblés autour. Ballard poussa sur le bouton du vide-poches devant lui qui se rabattit. Il fouilla parmi les papiers, ne trouva rien. Il referma l'abattant. Au bout d'un moment, il baissa la vitre.

Vous auriez pas une cigarette, là-bas derrière ? dit-il.

L'homme se pencha en avant et tendit un paquet de cigarettes vers la fenêtre ouverte. Ballard en prit une et la mit dans la bouche. Vous avez une allumette ? dit-il.

L'homme lui tendit une allumette. T'as pas les chocottes ?

J'ai jamais demandé à venir ici, dit Ballard.

Il gratta l'allumette sur le tableau de bord, alluma la cigarette et resta assis à fumer dans le noir, regardant le feu sur la colline. Au bout d'un moment un homme descendit, ouvrit la porte et dit à Ballard de sortir. Il s'extirpa laborieusement et resta là, dans sa salopette.

Amène-le là-haut, Otis.

Ballard, au bout d'un fusil, traînant les pieds en haut de la colline. Il dut s'arrêter pour rouler les revers de la salopette. Devant le feu, il resta debout à regarder ses pieds nus.

Ballard.

Ballard ne répondit pas.

Ballard, nous allons te faciliter la tâche.

Ballard attendait.

Tu nous montres où tu as mis ces gens pour qu'ils puissent être enterrés décemment et on te ramène à cet hôpital et toi tu verras bien ce qui se passera avec la justice.

Allez-y, vous êtes les plus forts, dit Ballard.

Où sont les corps, Ballard.

J'sais pas de quels corps vous voulez parler.

C'est ton dernier mot ?

Ballard dit que oui.

Tu as ce câble, Fred ?

Bien sûr.

Un homme sortit du cercle et s'avança avec un rouleau de câble graisseux en acier torsadé.

Il va falloir attacher ce bras. Est-ce que quelqu'un aurait une corde dans son camion ?

J'en ai une.

Pose-lui la question, Ernest.

Ouais, Ernest.

L'homme se tourna vers Ballard. Qu'est-ce tu leur voulais à ces mortes ? dit-il. Tu les baisais ?

Le visage de Ballard eut un curieux tic dans la lumière du feu mais il ne dit mot. Il regardait ses bourreaux. L'homme au câble en avait déroulé une partie sur le sol. Dans l'épissure du bout, il y avait un anneau au travers duquel le câble fut passé pour former une boucle semblable à un énorme collet à lapin.

Tu le sais bien, dit l'homme. Amène-le, c'est tout.

Quelqu'un attacha une corde autour du bras de Ballard. Le câble en acier coulissa autour de son cou et resta en appui sur ses épaules. Il était froid, avait une odeur de cambouis.

Bientôt il gravit la colline vers la scierie. Ils l'aidèrent à marcher le long des glissières à grumes, à pas précautionneux, les flammes du brasier les encordant en un théâtre d'ombres déchiquetées sur les hauteurs de la colline. Ballard dérapa une fois, on le rattrapa et on le poussa. Ils s'arrêtèrent pour se reposer debout sur une plate-forme de huit-huit au-dessus de la fosse à sciure. Un des hommes fut hissé par-derrière jusqu'aux poutres du plafond et on lui tendit le bout libre du câble.

Ils l'ont pas drogué j'espère, Ernest ? J'aimerais pas qu'y sache pas ce qu'y lui arrive.

Y me paraît assez vif.

Ballard tendit la tête vers l'homme qui venait de parler. J'vais vous dire, dit-il.

Dire quoi ?

Où ils sont. Les corps. Vous avez dit que si j'vous racontais, vous me relâcheriez.

Bon, tu ferais bien de raconter.

Ils sont dans des grottes.

Des grottes.

J'les ai mis dans des grottes.

Tu peux les retrouver ?

Ouais. Je sais où ils sont.

Ballard pénétra dans le trou de rocher qui avait été sa demeure, accompagné de huit ou dix hommes avec des lanternes et des torches. Ceux qui restaient allumèrent un feu à l'entrée de la caverne et s'assirent autour en attendant.

Ils lui donnèrent une lampe électrique et lui emboîtèrent le pas. Descendant d'étroits couloirs dégoulinants, à travers des salles de pierre où de fragiles aiguilles se dressaient partout sur le sol et où au fond de son lit de pierre un ruisseau coulait dans l'obscurité aveugle.

Ils continuèrent à quatre pattes entre des plans décalés d'une stratification et remontèrent une gorge exiguë, Ballard marquant une pause de temps à autre pour remonter le bas de sa salopette. Son entourage en quelque sorte émerveillé.

T'as déjà vu un truc comme ça ?

On avait l'habitude de venir déconner dans ces grottes, quand j'étais gamin.

On venait aussi, mais je savais pas qu'ici ça existait.

Brusquement, Ballard s'arrêta. S'équilibrant du bras, la torche entre les dents, il escalada un promontoire et continua, le visage contre la paroi, remonta de nouveau, ses orteils nus agrippant le rocher comme ceux d'un singe, puis il rampa à travers une mince faille dans la pierre.

Ils le virent disparaître.

Bon Dieu, que ce trou est petit.

Ce que je me demande, c'est comment on va faire pour sortir les corps d'ici, en admettant qu'on les trouve.

Quelqu'un peut-il éclairer là-haut, on y va.

Ici, Ed. Tiens la torche.

Le premier homme emprunta la corniche et grimpa jusqu'au trou. Il se tourna sur le côté. Il se pencha en avant.

Passe-moi cette torche.

Il y a quèque chose qui va pas ?

Merde.

Qu'est-ce qui se passe ?

Ballard !

Le nom de Ballard s'évanouit dans une série d'échos en cascade dans le trou par lequel il était parti.

Qu'est-ce qu'y a, Tommy ?

Le petit fumier.

Où est-ce qu'il est ?

Il est parti, nom de Dieu.

Faut le poursuivre.

J'arrive pas à passer dans le trou.

On est salement baisés.

Lequel est le plus petit ?

Ed, je pense.

Monte par ici, Ed.

Ils hissèrent le suivant et il essaya de se glisser dans le trou mais n'y réussit pas.

Est-ce que tu vois sa lampe, au moins ?

Non, merde, j'vois rien du tout.

Il faut que quelqu'un aille chercher Jimmy. Lui, il passera.

Ils se regardèrent les uns et les autres, réunis là dans l'assaut de pâles rayons que se livraient leurs torches.

Putain de merde.

Tu penses à ce que je pense ?

Bon Dieu, oui. Est-ce que quelqu'un se rappelle comment on est arrivés ici ?

Oh ! merde.

On ferait mieux de pas se séparer.

Tu penses qu'il y a une autre entrée vers le trou où il est ?

J'sais pas. Tu crois qu'on devrait laisser quelqu'un ici pour surveiller ?

Y s'peut qu'on le retrouve jamais.

Ça, c'est pas totalement faux.

On pourrait laisser une lampe juste au coin ici, pour donner l'impression qu'il y a quelqu'un qui attend.

Bon.

Ballard !

Espèce d'ordure.

Laisse tomber. Allons-y.

Qui prend la tête ?

Je crois que je peux retrouver le chemin.

Alors, allons-y.

Ce p'tit salaud, y nous aurait pas pris pour une bande de cons par hasard.

J'crois qu'il a bien vu. Je brûle de raconter aux gars dehors ce qui s'est passé.

P'têt qu'on devrait tirer à la courte paille celui qu'aura le droit de rigoler en leur racontant.

Attention aux têtes.

Vous savez ce qu'on vient de faire ?

Ouais. Je sais. On vient d'éviter la prison à ce petit branleur et on l'a laissé filer pour qu'y puisse trucider d'autres gens. Voilà ce qu'on vient de faire.

Bien vu.

On finira par l'avoir.

En attendant, c'est lui qui nous a eus. Tu te souviens où on est ici ?

J'me souviens de rien. Je me contente de suivre le gars qu'est devant moi.

Pendant trois jours Ballard explora la caverne dans laquelle il avait pénétré pour tenter de trouver une autre sortie. Il pensait être là depuis une semaine et s'étonnait de la durée des piles de sa torche. Il prit l'habitude de piquer un somme, de se réveiller, puis de continuer. Il ne trouvait rien d'autre pour dormir que la pierre et ses sommes étaient brefs.

Vers la fin, il tapait la torche contre sa jambe pour en raviver la lueur orange terne. Il sortait les piles et les remettait, celles de derrière devant. Une fois, il entendit des voix quelque part derrière lui et une autre fois, il pensa voir de la lumière. Il se dirigea vers elle dans l'obscurité au cas où ç'aurait été les lampes de ses ennemis, mais il ne trouva rien. Il s'agenouilla et but dans une mare où l'eau tombait goutte à goutte. Il se reposa, but de nouveau. Il observa dans le rond de sa lampe de minuscules poissons translucides dont les arêtes à travers leur fragile étui de mica se profilaient en ombre portée sur le lit de pierre. Lorsqu'il se releva, l'eau gargouilla dans son estomac rétréci.

Il escalada en griffant comme un rat une longue coulée de boue lisse et pénétra dans une longue salle remplie d'ossements. Ballard fit le tour de l'antique ossuaire en donnant des coups de pied dans les débris. Les carcasses brunes et piquées de bisons, d'élans. Le crâne d'un jaguar dont il détacha la seule canine restante pour la mettre dans la poche-bavette de sa salopette. Le même jour il arriva à un à-pic et lorsqu'il mit à l'épreuve le faisceau défaillant de sa torche celui-ci rencontra une muraille humide et se termina dans le néant et la nuit. Il trouva une pierre qu'il laissa tomber par-dessus bord. Elle tomba sans bruit. Tomba. Sans bruit. Ballard s'était déjà retourné pour en trouver une autre à jeter quand il entendit, loin au-dessous, le minuscule plouf de la pierre dans l'eau comme un galet qui tombe au fond d'un puits.

Enfin, il parvint dans une petite salle avec une mince colonne de vraie lumière du jour qui filtrait du plafond. C'est seulement à ce moment-là qu'il se rendit compte qu'il était sans doute passé pendant la nuit, sans le savoir, près d'autres ouvertures sur le monde d'en haut. Il introduisit la main dans la fissure. Il tâta. Il gratta de la terre.

Quand il se réveilla, il faisait nuit. Il tâtonna autour de lui, rencontra la lampe électrique et poussa le bouton. Un pâle filament rouge s'alluma dans l'ampoule et mourut lentement. Ballard, couché, tendait l'oreille dans l'obscurité, mais le seul bruit qu'il percevait était celui de son cœur.

Au matin, lorsque la lumière dans la fissure en esquissa vaguement le contour, ce somnolent captif paraissait tellement imbriqué dans son orbe de pierre que vous auriez pensé qu'il n'avait qu'à moitié tort de se croire abandonné des dieux.

Il travailla toute la journée, grattant le trou avec un caillou ou à main nue. Il dormait, travaillait et dormait de nouveau. Ou triait les vestiges poussiéreux d'un nid, cherchant une noix de hickory intacte parmi les coques dures comme de l'os avec leurs cannelures en volute nettoyées de leur chair par des mulots, aux dents précises et courbes comme des alênes de maître-voilier. Il n'en trouva pas, non plus qu'il n'avait faim. Il s'endormit de nouveau.

Dans la nuit, il entendit des chiens et les appela, mais l'énorme écho de sa voix dans la caverne le remplit de frayeur et il n'osa plus appeler. Il entendit des souris décamper dans le noir. Peut-être nicheraient-elles dans son crâne, répandraient-elles leurs minuscules petits, chauves et piauleurs, dans les cavernes lobées où aurait logé son cerveau. Ses os polis comme des coquilles d'œuf, avec des scolopendres qui dormiraient dans leurs flûtes moellées, ses côtes en minces arceaux blanchis comme une fleur d'ossements dans le noir bassin de pierre. Il avait des raisons de souhaiter et il souhaitait que quelque brutale sage-femme le forçât hors de sa prison rocheuse.

Au matin, il y avait une toile d'araignée entre lui et le ciel. Il saisit une poignée de cailloux et la lança dans le conduit. Puis de nouveau, jusqu'à ce que la moindre trace de la toile eût disparu. Il se haussa et se mit à creuser.

Il se réveillait la tête contre la paroi, l'outil de pierre toujours à la main, et se remettait à creuser. Plus tard ce jour-là il dégagea une mince plaque de pierre et la laissa descendre avec fracas dans le trou. En l'arrachant il s'était ouvert un doigt et il s'assit pour le mettre dans sa bouche, le goût de moisi de la terre se mêlant à la rouille du sang. De la terre sèche s'effrita le long du trou. Il vit la ramure des arbres se détacher sur le ciel.

Grimpant plus haut encore Ballard se mit au travail, martelant maintenant à même la pierre dont des strates s'écaillaient, se servant des plus gros morceaux pour mieux la détacher et creuser. Avant la tombée de la nuit il passa la tête par le trou, il regarda ce qu'il y avait autour de lui.

La première chose qu'il vit, ce fut une vache. Elle était

à environ cent pieds de distance dans un champ au-delà du bois dans lequel il était ressorti et derrière la vache il y avait une grange et derrière encore une maison. Il guetta des signes de vie dans la maison, mais n'en vit aucun. Il redescendit dans son trou et se reposa.

Il faisait sombre depuis des heures et nuit noire quand il émergea finalement de la terre. En bas, dans la maison, il y avait des lumières. Il chercha parmi les étoiles une forme quelconque d'indication mais les cieux avaient un air différent qui n'inspira pas confiance à Ballard. Il coupa par les bois, escalada une clôture et traversa un champ jusqu'à ce qu'il parvînt à une route. Ce n'était pas un endroit où il était déjà venu. Voyant qu'en remontant elle menait vers les montagnes, il la prit dans l'autre sens et clopina bientôt, affaibli mais suffisamment solide, dans la nuit aussi belle que possible, avec déjà dans l'air une odeur ténue de chèvrefeuille. Cela faisait maintenant cinq jours qu'il n'avait pas mangé.

Il n'était pas allé bien loin qu'un autobus paroissial apparut derrière lui. Ballard détala dans l'herbe du bas-côté et s'y accroupit pour observer. Le car passa dans un bruit de ferraille. Il était tout éclairé et les visages à l'intérieur défilèrent chacun derrière son carreau, tous de profil. A la dernière place, à l'arrière, un petit garçon regardait à la fenêtre, le nez écrasé contre la vitre. Il n'y avait pourtant rien à voir mais il regardait tout de même. Quand il passa, il jeta un regard à Ballard qui le lui rendit. Puis le car attaqua le virage et disparut en ferraillant hors de vue. Ballard remonta sur la route pour continuer. Il chercha à se rappeler où il avait déjà vu ce garçon quand tout à coup il lui vint à l'esprit que l'enfant lui ressemblait. Cela le remplit d'angoisse et bien qu'il se fût efforcé d'oublier l'image du visage dans la vitre, elle ne s'effaça pas.

Quand il atteignit la grand-route, il la traversa pour aller dans les champs de l'autre côté. Il trébucha sur les mottes de la berge fraîchement retournée et atteignit enfin la rivière. Les bois alentour étaient garnis de détritus et de papiers, vestiges de la crue, les arbres maculés de vase, avec d'énormes nids d'épaves accrochés haut dans les branches qui se détachaient sur le ciel.

Tandis qu'il s'approchait de la ville, les coqs se mirent à chanter. Peut-être percevaient-ils un fléchissement dans l'obscurité de la nuit que le voyageur ne déchiffrait pas bien qu'il eût les yeux fixés vers l'est. Une certaine fraîcheur de l'air. Partout à travers la campagne endormie ils chantaient et se répondaient les uns aux autres. Maintenant comme autrefois. Ici comme partout ailleurs.

L'aube était là quand il se présenta à la réception de l'hôpital du comté. L'infirmière de nuit venait juste d'arriver dans l'entrée avec une tasse de café quand elle trouva Ballard appuyé contre le comptoir. Petit être mince comme un fil, manchot, ficelé dans une cotte trop grande et entièrement couvert de boue rouge, il avait l'œil creux et brumeux. Je suis censé être ici, dit-il.

Il ne fut jamais accusé d'aucun crime. On l'expédia à l'hôpital de Knoxville où on le mit dans une cage, à deux portes d'un dément qui ouvrait les crânes des gens pour manger leur cervelle à la cuiller. Ballard l'apercevait de temps à autre quand on les sortait prendre l'air mais il n'avait rien à dire à un fou, et le fou était devenu muet depuis longtemps à cause de l'énormité de ses crimes. Le moraillon de sa porte blindée était coincé à l'aide d'une cuiller tordue et Ballard demanda une fois si c'était celle qui avait servi à manger les cervelles, mais on ne lui répondit pas.

Il contracta une pneumonie en avril 1965 et fut transféré à l'hôpital universitaire où il fut soigné et apparemment guéri. Renvoyé à l'hôpital de Lyons View, on le trouva mort sur le sol de sa cage deux jours plus tard.

Son corps fut expédié à l'école de médecine de Memphis. Là, dans un sous-sol, il fut plongé dans du formol puis transporté sur un chariot pour être placé au milieu d'autres morts qui venaient d'arriver. Il fut disposé sur une dalle, écorché, éviscéré et disséqué. On lui ouvrit le crâne à la scie et on en retira son cerveau. Ses muscles furent détachés de ses os. On lui enleva le cœur. Ses entrailles furent extraites pour être commentées et les quatre étudiants qui se penchèrent sur lui comme des aruspices d'antan discernèrent peut-être dans leurs configurations de pires monstres à venir. Au bout de trois mois, quand le cours fut terminé, on gratta les restes de Ballard pour les ramasser dans un sac en plastique afin qu'il puisse rejoindre, avec d'autres de son acabit, un cimetière en dehors de la ville où il fut enterré. Un aumônier de l'école lut une brève oraison.

Au mois d'avril de cette même année, un dénommé Arthur Ogle, qui labourait son champ dans les hauteurs un soir, se vit arracher sa charrue des mains. Il n'eut que le temps de voir sa paire de mules disparaître dans le sol, entraînant la charrue derrière elles. Il rampa avec précaution jusqu'à l'endroit où le sol les avait englouties mais tout était noir au-dedans. Un vent frais lui arrivait du fond de la terre et loin, en contrebas, il entendit de l'eau qui coulait.

Le jour suivant, deux jeunes voisins descendirent dans le puits à l'aide de cordes. Ils ne retrouvèrent jamais les mules. En revanche, ils trouvèrent une salle dans laquelle les corps d'un certain nombre de personnes étaient disposés sur des corniches de pierre dans des attitudes de repos.

Tard dans l'après-midi le shérif du comté de Sevier, accompagné de deux adjoints et de deux autres hommes, traversa le champ à partir de l'ancienne boutique d'armes de Willy Gibson devant laquelle ils avaient laissé la voiture, franchit la rivière et remonta l'ancienne route des grumes. Ils transportaient lanternes, rouleaux de corde et un certain nombre de linceuls de calicot marqués au pochoir « Propriété de l'Etat du Tennessee ». Le shérif du comté de Sevier descendit lui-même dans le puits et examina le mausolée. Les corps étaient recouverts d'adipocire, pâle moisissure grise à la consistance de fromage, typique de cadavres ayant séjourné dans des endroits humides, et envahis de festons de légers champignons comme on en trouve parfois dans la forêt sur les troncs en décomposition. La salle était remplie d'une odeur fétide, d'un faible relent d'ammoniac. Le shérif et l'adjoint firent un nœud coulant avec une corde et le glissèrent autour de la partie supérieure du premier cadavre de femme, en serrant fort. Ils la dégagèrent de la dalle et la traînèrent sur la pierre de la salle au fond d'un couloir où la lumière du jour tombait sur la paroi du puits. Dans ce cône lumineux, debout au milieu des particules de poussière qui voltigeaient, ils demandèrent qu'on leur envoie une corde. Quand elle descendit, ils la raboutèrent à celle qui enserrait le cadavre puis rappelèrent en haut. La corde se tendit et la première morte fut assise sur le sol, les mains qui halaient la corde là-haut maniant les ombres comme des marionnettistes. Des caillots gris et savonneux tombèrent du menton du cadavre. Elle monta en se balançant. Elle se dépiauta dans l'étau du nœud coulant. Un flux de mucosités s'écoula.

Dans la soirée une jeep descendit la route des grumes, tirant une remorque avec dans sa caisse sept corps emmaillotés dans du calicot comme d'énormes jambons. Tandis qu'ils rejoignaient la vallée à la nuit nouvellement tombée, devant eux s'élevèrent de la poussière de la route des engoulevents, l'aile folle et l'œil rouge comme du rubis dans la lumière des phares.

Table

DU MÊME AUTEUR

Le Gardien du verger
prix Faulkner 1965
Robert Laffont 1965
Éditions de l'Olivier, nouvelle traduction, 1996
et « Points », n° P685

L'Obscurité du dehors
Actes Sud, 1991
et « Points », n° P567

De si jolis chevaux
(La Trilogie des confins, I)
Actes Sud, 1993, 2001
et « Points », n° P490

Suttree
Actes Sud, 1994
et « Points », n° P489

Le Grand Passage
(La Trilogie des confins, II)
Éditions de l'Olivier, 1997
et « Points », n° P751

Des villes dans la plaine
(La Trilogie des confins, III)
Éditions de l'Olivier, 1999
et « Points », n° P961

No Country for Old Men
(Non, ce pays n'est pour le vieil homme)
Éditions de l'Olivier, 2007
et « Points », n° P1829

La Route
Éditions de l'Olivier, 2008
et « Points », n° P2156

RÉALISATION : PAO ÉDITIONS DU SEUIL
IMPRESSION : CPI BRODARD ET TAUPIN À LA FLÈCHE
DÉPÔT LÉGAL : SEPTEMBRE 2008. N° 98250-4 (58640)
IMPRIMÉ EN FRANCE

Collection Points Roman noir

P237. Un nom de torero, *Luis Sepúlveda*
P611. Un enfant de Dieu, *Cormac McCarthy*
P667. Pleine lune, *Antonio Muñoz Molina*
P1522. Train, *Pete Dexter*
P1814. Ils sont votre épouvante, et vous êtes leur crainte *Thierry Jonquet*
P1815. Paperboy, *Pete Dexter*
P1816. Bad city blues, *Tim Willocks*
P1817. Le Vautour, *Gil Scott Heron*
P1818. La Peur des bêtes, *Enrique Serna*
P1836. Un doux parfum de mort, *Guillermo Arriaga*
P1837. Bienvenue en enfer, *Clarence L. Cooper*
P1838. Le Roi des fourmis, *Charles Higson*
P1897. Train perdu, wagon mort, *Jean-Bernard Pouy*
P1898. Cantique des gisants, *Laurent Martin*
P1937. L'Immense Obscurité de la mort, *Massimo Carlotto*
P1938. Hackman blues, *Ken Bruen*
P2014. Les Exagérés, *Jean-François Vilar*
P2050. Pimp, *Iceberg Slim*
P2051. Graine de violence, *Evan Hunter (alias Ed McBain)*
P2065. Commis d'office, *Hannelore Cayre*
P2066. American Gangster, *Max Allan Collins*
P2067. Le Cadavre dans la voiture rouge *Ólafur Haukur Símonarson*
P2093. Retour au noir, *Patrick Raynal*
P2094. L'Escadron Guillotine, *Guillermo Arriaga*
P2123. Les Rois écarlates, *Tim Willocks*
P2124. Arrivederci amore, *Massimo Carlotto*
P2218. Déjanté, *Hugo Hamilton*
P2219. La Récup, *Jean-Bernard Pouy*
P2252. God's pocket, *Pete Dexter*
P2253. En effeuillant Baudelaire, *Ken Bruen*
P2280. Trick Baby, *Iceberg Slim*
P2281. Perdre est une question de méthode, *Santiago Gamboa*
P2293. Le Bal des débris, *Thierry Jonquet*
P2294. Beltenebros, *Antonio Muñoz Molina*
P2295. Le Bison de la nuit, *Guillermo Arriaga*
P2359. Julius Winsome, *Gerard Donovan*
P2360. Speed Queen, *Stewart O'Nan*
P2361. Dope, *Sara Gran*

P2409. La Route de tous les dangers, *Kriss Nelscott*
P2410. Quand je serai roi, *Enrique Serna*
P2462. Triste Flic, *Hugo Hamilton*
P2463. Last exit to Brest, *Claude Bathany*

Collection Points

DERNIERS TITRES PARUS

P2064. Reflets de sang, *Brigitte Aubert*
P2065. Commis d'office, *Hannelore Cayre*
P2066. American Gangster, *Max Allan Collins*
P2067. Le Cadavre dans la voiture rouge
Ólafur Haukur Símonarson
P2068. Profondeurs, *Henning Mankell*
P2069. Néfertiti dans un champ de canne à sucre
Philippe Jaenada
P2070. Les Brutes, *Philippe Jaenada*
P2071. Milagrosa, *Mercedes Deambrosis*
P2072. Lettre à Jimmy, *Alain Mabanckou*
P2073. Volupté singulière, *A.L. Kennedy*
P2074. Poèmes d'amour de l'Andalousie à la mer Rouge.
Poésie amoureuse hébraïque, *Anthologie*
P2075. Quand j'écris je t'aime
suivi de Le Prolifique et Le Dévoreur
W.H. Auden
P2076. Comment éviter l'amour et le mariage
Dan Greenburg, Suzanne O'Malley
P2077. Le Fouet, *Martine Rofinella*
P2078. Cons, *Juan Manuel Prada*
P2079. Légendes de Catherine M., *Jacques Henric*
P2080. Le Beau Sexe des hommes, *Florence Ehnuel*
P2081. G., *John Berger*
P2082. Sombre comme la tombe où repose mon ami
Malcolm Lowry
P2083. Le Pressentiment, *Emmanuel Bove*
P2084. L'Art du roman, *Virginia Woolf*
P2085. Le Clos Lothar, *Stéphane Héaume*
P2086. Mémoires de nègre, *Abdelkader Djemaï*
P2087. Le Passé, *Alan Pauls*
P2088. Bonsoir les choses d'ici-bas, *António Lobo Antunes*
P2089. Les Intermittences de la mort, *José Saramago*
P2090. Même le mal se fait bien, *Michel Folco*
P2091. Samba Triste, *Jean-Paul Delfino*
P2092. La Baie d'Alger, *Louis Gardel*
P2093. Retour au noir, *Patrick Raynal*
P2094. L'Escadron Guillotine, *Guillermo Arriaga*

P2095. Le Temps des cendres, *Jorge Volpi*
P2096. Frida Khalo par Frida Khalo. Lettres 1922-1954
Frida Khalo
P2097. Anthologie de la poésie mexicaine, *Claude Beausoleil*
P2098. Les Yeux du dragon, petits poèmes chinois, *Anthologie*
P2099. Seul dans la splendeur, *John Keats*
P2100. Beaux Présents, Belles Absentes, *Georges Perec*
P2101. Les Plus Belles Lettres du professeur Rollin.
Ou comment écrire au roi d'Espagne
pour lui demander la recette du gaspacho
François Rollin
P2102. Répertoire des délicatesses du français contemporain
Renaud Camus
P2103. Un lien étroit, *Christine Jordis*
P2104. Les Pays lointains, *Julien Green*
P2105. L'Amérique m'inquiète.
Chroniques de la vie américaine 1
Jean-Paul Dubois
P2106. Moi je viens d'où ? *suivi de* C'est quoi l'intelligence ?
et de E = CM2, *Albert Jacquard, Marie-José Auderset*
P2107. Moi et les autres, initiation à la génétique
Albert Jacquard
P2108. Quand est-ce qu'on arrive ?, *Howard Buten*
P2109. Tendre est la mer, *Philip Plisson, Yann Queffélec*
P2110. Tabarly, *Yann Queffélec*
P2111. Les Hommes à terre, *Bernard Giraudeau*
P2112. Le Phare appelle à lui la tempête et autres poèmes
Malcolm Lowry
P2113. L'Invention des Désirades et autres poèmes
Daniel Maximin
P2114. Antartida, *Francisco Coloane*
P2115. Brefs Aperçus sur l'éternel féminin, *Denis Grozdanovitch*
P2116. Le Vol de la mésange, *François Maspero*
P2117. Tordu, *Jonathan Kellerman*
P2118. Flic à Hollywood, *Joseph Wambaugh*
P2119. Ténébreuses, *Karin Alvtegen*
P2120. La Chanson du jardinier. Les enquêtes de Miss Lalli
Kalpana Swaminathan
P2121. Portrait de l'écrivain en animal domestique
Lydie Salvayre
P2122. In memoriam, *Linda Lê*
P2123. Les Rois écarlates, *Tim Willocks*
P2124. Arrivederci amore, *Massimo Carlotto*

P2125. Les Carnets de monsieur Manatane
Benoît Poelvoorde, Pascal Lebrun
P2126. Guillon aggrave son cas, *Stéphane Guillon*
P2127. Le Manuel du parfait petit masochiste
Dan Greenburg, Marcia Jacobs
P2128. Shakespeare et moi, *Woody Allen*
P2129. Pour en finir une bonne fois pour toutes avec la culture
Woody Allen
P2130. Porno, *Irvine Welsh*
P2131. Jubilee, *Margaret Walker*
P2132. Michael Tolliver est vivant, *Armistead Maupin*
P2133. Le Saule, *Hubert Selby Jr*
P2134. Les Européens, *Henry James*
P2135. Comédie new-yorkaise, *David Schickler*
P2136. Professeur d'abstinence, *Tom Perrotta*
P2137. Haut vol : histoire d'amour, *Peter Carey*
P2139. La Danseuse de Mao, *Qiu Xiaolong*
P2140. L'Homme délaissé, *C.J. Box*
P2141. Les Jardins de la mort, *George P. Pelecanos*
P2142. Avril rouge, *Santiago Roncagliolo*
P2143. Ma mère, *Richard Ford*
P2144. Comme une mère, *Karine Reysset*
P2145. Titus d'Enfer. La Trilogie de Gormenghast, 1
Mervyn Peake
P2146. Gormenghast. La Trilogie de Gormenghast, 2
Mervyn Peake
P2147. Au monde.
Ce qu'accoucher veut dire : une sage-femme raconte…
Chantal Birman
P2148. Du plaisir à la dépendance.
Nouvelles thérapies, nouvelles addictions
Michel Lejoyeux
P2149. Carnets d'une longue marche.
Nouvelle marche d'Istanbul à Xi'an
Bernard Ollivier, François Dermaut
P2150. Treize Lunes, *Charles Frazier*
P2151. L'Amour du français.
Contre les puristes et autres censeurs de la langue
Alain Rey
P2152. Le Bout du rouleau, *Richard Ford*
P2153. Belle-sœur, *Patrick Besson*
P2154. Après, Fred Chichin est mort, *Pascale Clark*
P2155. La Leçon du maître et autres nouvelles, *Henry James*

P2156. La Route, *Cormac McCarthy*
P2157. À genoux, *Michael Connelly*
P2158. Baka !, *Dominique Sylvain*
P2159. Toujours L.A., *Bruce Wagner*
P2160. C'est la vie, *Ron Hansen*
P2161. Groom, *François Vallejo*
P2162. Les Démons de Dexter, *Jeff Lindsay*
P2163. Journal 1942-1944, *Hélène Berr*
P2164. Journal 1942-1944 (édition scolaire), *Hélène Berr*
P2165. Pura vida. Vie et Mort de William Walker, *Patrick Deville*
P2166. Terroriste, *John Updike*
P2167. Le Chien de Dieu, *Patrick Bard*
P2168. La Trace, *Richard Collasse*
P2169. L'Homme du lac, *Arnaldur Indridason*
P2170. Et que justice soit faite, *Michael Koryta*
P2171. Le Dernier des Weynfeldt, *Martin Suter*
P2172. Le Noir qui marche à pied, *Louis-Ferdinand Despreez*
P2173. Abysses, *Frank Schätzing*
P2174. L'Audace d'espérer. Un nouveau rêve américain *Barack Obama*
P2175. Une Mercedes blanche avec des ailerons, *James Hawes*
P2176. La Fin des mystères, *Scarlett Thomas*
P2177. La Mémoire neuve, *Jérôme Lambert*
P2178. Méli-vélo. Abécédaire amoureux du vélo, *Paul Fournel*
P2179. Le Prince des braqueurs, *Chuck Hogan*
P2180. Corsaires du Levant, *Arturo Pérez-Reverte*
P2181. Mort sur liste d'attente, *Veit Heinichen*
P2182. Héros et Tombes, *Ernesto Sabato*
P2183. Teresa l'après-midi, *Juan Marsé*
P2184. Titus errant. La Trilogie de Gormenghast, 3 *Mervyn Peake*
P2185. Julie & Julia. Sexe, blog et bœuf bourguignon *Julie Powell*
P2186. Le Violon d'Hitler, *Igal Shamir*
P2187. La mère qui voulait être femme, *Maryse Wolinski*
P2188. Le Maître d'amour, *Maryse Wolinski*
P2189. Les Oiseaux de Bangkok, *Manuel Vázquez Montalbán*
P2190. Intérieur Sud, *Bertrand Visage*
P2191. L'homme qui voulait voir Mahona, *Henri Gougaud*
P2192. Écorces de sang, *Tana French*
P2193. Café Lovely, *Rattawut Lapcharoensap*
P2194. Vous ne me connaissez pas, *Joyce Carol Oates*
P2195. La Fortune de l'homme et autres nouvelles, *Anne Brochet*

P2196. L'Été le plus chaud, *Zsuzsa Bánk*
P2197. Ce que je sais… Un magnifique désastre 1988-1995. Mémoires 2, *Charles Pasqua*
P2198. Ambre, vol. 1, *Kathleen Winsor*
P2199. Ambre, vol. 2, *Kathleen Winsor*
P2200. Mauvaises Nouvelles des étoiles, *Serge Gainsbourg*
P2201. Jour de souffrance, *Catherine Millet*
P2202. Le Marché des amants, *Christine Angot*
P2203. L'État des lieux, *Richard Ford*
P2204. Le Roi de Kahel, *Tierno Monénembo*
P2205. Fugitives, *Alice Munro*
P2206. La Beauté du monde, *Michel Le Bris*
P2207. La Traversée du Mozambique par temps calme *Patrice Pluyette*
P2208. Ailleurs, *Julia Leigh*
P2209. Un diamant brut, *Yvette Szczupak-Thomas*
P2210. Trans, *Pavel Hak*
P2211. Peut-être une histoire d'amour, *Martin Page*
P2212. Peuls, *Tierno Monénembo*
P2214. Le Cas Sonderberg, *Elie Wiesel*
P2215. Fureur assassine, *Jonathan Kellerman*
P2216. Misterioso, *Arne Dahl*
P2217. Shotgun Alley, *Andrew Klavan*
P2218. Déjanté, *Hugo Hamilton*
P2219. La Récup, *Jean-Bernard Pouy*
P2220. Une année dans la vie de Tolstoï, *Jay Parini*
P2221. Les Accommodements raisonnables, *Jean-Paul Dubois*
P2222. Les Confessions de Max Tivoli, *Andrew Sean Greer*
P2223. Le pays qui vient de loin, *André Bucher*
P2224. Le Supplice du santal, *Mo Yan*
P2225. La Véranda, *Robert Alexis*
P2226. Je ne sais rien… mais je dirai (presque) tout *Yves Bertrand*
P2227. Un homme très recherché, *John le Carré*
P2228. Le Correspondant étranger, *Alan Furst*
P2229. Brandebourg, *Henry Porter*
P2230. J'ai vécu 1 000 ans, *Mariolina Venezia*
P2231. La Conquistadora, *Eduardo Manet*
P2232. La Sagesse des fous, *Einar Karason*
P2233. Un chasseur de lions, *Olivier Rolin*
P2234. Poésie des troubadours. Anthologie, *Henri Gougaud (dir.)*
P2235. Chacun vient avec son silence. Anthologie *Jean Cayrol*

P2236. Badenheim 1939, *Aharon Appelfeld*
P2237. Le Goût sucré des pommes sauvages, *Wallace Stegner*
P2238. Un mot pour un autre, *Rémi Bertrand*
P2239. Le Bêtisier de la langue française, *Claude Gagnière*
P2240. Esclavage et Colonies, *G. J. Danton et L. P. Dufay, L. Sédar Senghor, C. Taubira*
P2241. Race et Nation, *M. L. King, E. Renan*
P2242. Face à la crise, *B. Obama, F. D. Roosevelt*
P2243. Face à la guerre, *W. Churchill, général de Gaulle*
P2244. La Non-Violence, *Mahatma Gandhi, Dalaï Lama*
P2245. La Peine de mort, *R. Badinter, M. Barrès*
P2246. Avortement et Contraception, *S. Veil, L. Neuwirth*
P2247. Les Casseurs et l'Insécurité *F. Mitterrand et M. Rocard, N. Sarkozy*
P2248. La Mère de ma mère, *Vanessa Schneider*
P2249. De la vie dans son art, de l'art dans sa vie *Anny Duperey et Nina Vidrovitch*
P2250. Desproges en petits morceaux. Les meilleures citations *Pierre Desproges*
P2251. Dexter I, II, III, *Jeff Lindsay*
P2252. God's pocket, *Pete Dexter*
P2253. En effeuillant Baudelaire, *Ken Bruen*
P2254. Meurtres en bleu marine, *C.J. Box*
P2255. Le Dresseur d'insectes, *Arni Thorarinsson*
P2256. La Saison des massacres, *Giancarlo de Cataldo*
P2257. Évitez le divan Petit guide à l'usage de ceux qui tiennent à leurs symptômes *Philippe Grimbert*
P2258. La Chambre de Mariana, *Aharon Appelfeld*
P2259. La Montagne en sucre, *Wallace Stegner*
P2260. Un jour de colère, *Arturo Pérez-Reverte*
P2261. Le Roi transparent, *Rosa Montero*
P2262. Le Syndrome d'Ulysse, *Santiago Gamboa*
P2263. Catholique anonyme, *Thierry Bizot*
P2264. Le Jour et l'Heure, *Guy Bedos*
P2265. Le Parlement des fées I. L'Orée des bois, *John Crowley*
P2266. Le Parlement des fées II. L'Art de la mémoire, *John Crowley*
P2267. Best-of Sarko, *Plantu*
P2268. 99 Mots et Expressions à foutre à la poubelle *Jean-Loup Chiflet*

P2269. Le Baleinié. Dictionnaire des tracas
Christine Murillo, Jean-Claude Leguay, Grégoire Œstermann
P2270. Couverture dangereuse, *Philippe Le Roy*
P2271. Quatre Jours avant Noël, *Donald Harstad*
P2272. Petite Bombe noire, *Christopher Brookmyre*
P2273. Journal d'une année noire, *J.M. Coetzee*
P2274. Faites vous-même votre malheur, *Paul Watzlawick*
P2275. Paysans, *Raymond Depardon*
P2276. Homicide special, *Miles Corwin*
P2277. Mort d'un Chinois à La Havane, *Leonardo Padura*
P2278. Le Radeau de pierre, *José Saramago*
P2279. Contre-jour, *Thomas Pynchon*
P2280. Trick Baby, *Iceberg Slim*
P2281. Perdre est une question de méthode, *Santiago Gamboa*
P2282. Le Rocher de Montmartre, *Joanne Harris*
P2283. L'Enfant du Jeudi noir, *Alejandro Jodorowsky*
P2284. Lui, *Patrick Besson*
P2285. Tarabas, *Joseph Roth*
P2286. Le Cycliste de San Cristobal, *Antonio Skármeta*
P2287. Récit des temps perdus, *Aris Fakinos*
P2288. L'Art délicat du deuil
Les nouvelles enquêtes du juge Ti (vol. 7)
Frédéric Lenormand
P2289. Ceux qu'on aime, *Steve Mosby*
P2290. Lemmer, l'invisible, *Deon Meyer*
P2291. Requiem pour une cité de verre, *Donna Leon*
P2292. La Fille du Samouraï, *Dominique Sylvain*
P2293. Le Bal des débris, *Thierry Jonquet*
P2294. Beltenebros, *Antonio Muñoz Molina*
P2295. Le Bison de la nuit, *Guillermo Arriaga*
P2296. Le Livre noir des serial killers, *Stéphane Bourgoin*
P2297. Une tombe accueillante, *Michael Koryta*
P2298. Roldán, ni mort ni vif, *Manuel Vásquez Montalbán*
P2299. Le Petit Frère, *Manuel Vásquez Montalbán*
P2300. Poussière d'os, *Simon Beckett*
P2301. Le Cerveau de Kennedy, *Henning Mankell*
P2302. Jusque-là… tout allait bien !, *Stéphane Guillon*
P2303. Une parfaite journée parfaite, *Martin Page*
P2304. Corps volatils, *Jakuta Alikavazovic*
P2305. De l'art de prendre la balle au bond
Précis de mécanique gestuelle et spirituelle
Denis Grozdanovitch

P2306. Regarde la vague, *François Emmanuel*
P2307. Des vents contraires, *Olivier Adam*
P2308. Le Septième Voile, *Juan Manuel de Prada*
P2309. Mots d'amour secrets.
100 lettres à décoder pour amants polissons
Jacques Perry-Salkow, Frédéric Schmitter
P2310. Carnets d'un vieil amoureux, *Marcel Mathiot*
P2311. L'Enfer de Matignon, *Raphaëlle Bacqué*
P2312. Un État dans l'État. Le contre-pouvoir maçonnique
Sophie Coignard
P2313. Les Femelles, *Joyce Carol Oates*
P2314. Ce que je suis en réalité demeure inconnu, *Virginia Woolf*
P2315. Luz ou le temps sauvage, *Elsa Osorio*
P2316. Le Voyage des grands hommes, *François Vallejo*
P2317. Black Bazar, *Alain Mabanckou*
P2318. Les Crapauds-brousse, *Tierno Monénembo*
P2319. L'Anté-peuple, *Sony Labou Tansi*
P2320. Anthologie de poésie africaine,
Six poètes d'Afrique francophone, *Alain Mabanckou (dir.)*
P2321. La Malédiction du lamantin, *Moussa Konaté*
P2322. Green Zone, *Rajiv Chandrasekaran*
P2323. L'Histoire d'un mariage, *Andrew Sean Greer*
P2324. Gentlemen, *Klas Östergren*
P2325. La Belle aux oranges, *Jostein Gaarder*
P2326. Bienvenue à Egypt Farm, *Rachel Cusk*
P2327. Plage de Manacorra, 16 h 30, *Philippe Jaenada*
P2328. La Vie d'un homme inconnu, *Andreï Makine*
P2329. L'Invité, *Hwang Sok-yong*
P2330. Petit Abécédaire de culture générale
40 mots-clés passés au microscope, *Albert Jacquard*
P2331. La Grande Histoire des codes secrets, *Laurent Joffrin*
P2332. La Fin de la folie, *Jorge Volpi*
P2333. Le Transfuge, *Robert Littell*
P2334. J'ai entendu pleurer la forêt, *Françoise Perriot*
P2335. Nos grand-mères savaient
Petit dictionnaire des plantes qui guérissent, *Jean Palaiseul*
P2336. Journée d'un opritchnik, *Vladimir Sorokine*
P2337. Cette France qu'on oublie d'aimer, *Andreï Makine*
P2338. La Servante insoumise, *Jane Harris*
P2339. Le Vrai Canard, *Karl Laske, Laurent Valdiguié*
P2340. Vie de poète, *Robert Walser*
P2341. Sister Carrie, *Theodore Dreiser*
P2342. Le Fil du rasoir, *William Somerset Maugham*

P2343. Anthologie. Du rouge aux lèvres. Haïjins japonaises. Haïkus de poétesses japonaises du Moyen Age à nos jours
P2344. Poèmes choisis, *Marceline Desbordes-Valmore*
P2345. « Je souffre trop, je t'aime trop », Passions d'écrivains *sous la direction de Olivier et Patrick Poivre d'Arvor*
P2346. « Faut-il brûler ce livre ? », Écrivains en procès *sous la direction de Olivier et Patrick Poivre d'Arvor*
P2347. À ciel ouvert, *Nelly Arcan*
P2348. L'Hirondelle avant l'orage, *Robert Littell*
P2349. Fuck America, *Edgar Hilsenrath*
P2350. Départs anticipés, *Christopher Buckley*
P2351. Zelda, *Jacques Tournier*
P2352. Anesthésie locale, *Günter Grass*
P2353. Les filles sont au café, *Geneviève Brisac*
P2354. Comédies en tout genre, *Jonathan Kellerman*
P2355. L'Athlète, *Knut Faldbakken*
P2356. Le Diable de Blind River, *Steve Hamilton*
P2357. Le doute m'habite. Textes choisis et présentés par Christian Gonon *Pierre Desproges*
P2358. La Lampe d'Aladino et autres histoires pour vaincre l'oubli *Luis Sepúlveda*
P2359. Julius Winsome, *Gerard Donovan*
P2360. Speed Queen, *Stewart O'Nan*
P2361. Dope, *Sara Gran*
P2362. De ma prison, *Taslima Nasreen*
P2363. Les Ghettos du Gotha. Au cœur de la grande bourgeoisie *Michel Pinçon et Monique Pinçon-Charlot*
P2364. Je dépasse mes peurs et mes angoisses *Christophe André et Muzo*
P2365. Afrique(s), *Raymond Depardon*
P2366. La Couleur du bonheur, *Wei-Wei*
P2367. La Solitude des nombres premiers, *Paolo Giordano*
P2368. Des histoires pour rien, *Lorrie Moore*
P2369. Déroutes, *Lorrie Moore*
P2370. Le Sang des Dalton, *Ron Hansen*
P2371. La Décimation, *Rick Bass*
P2372. La Rivière des Indiens, *Jeffrey Lent*
P2373. L'Agent indien, *Dan O'Brien*
P2374. Pensez, lisez. 40 livres pour rester intelligent
P2375. Des héros ordinaires, *Eva Joly*

P2376. Le Grand Voyage de la vie.
Un père raconte à son fils
Tiziano Terzani
P2377. Naufrages, *Francisco Coloane*
P2378. Le Remède et le Poison, *Dirk Wittenbork*
P2379. Made in China, *J. M. Erre*
P2380. Joséphine, *Jean Rolin*
P2381. Un mort à l'Hôtel Koryo, *James Church*
P2382. Ciels de foudre, *C.J. Box*
P2383. Robin des bois, prince des voleurs, *Alexandre Dumas*
P2384. Comment parler le belge, *Philippe Genion*
P2385. Le Sottisier de l'école, *Philippe Mignaval*
P2386. « À toi, ma mère », Correspondances intimes
sous la direction de Olivier et Patrick Poivre d'Arvor
P2387. « Entre la mer et le ciel », Rêves et récits de navigateurs
sous la direction de Olivier et Patrick Poivre d'Arvor
P2388. L'Île du lézard vert, *Eduardo Manet*
P2389. « La paix a ses chances », *suivi de* « Nous proclamons la création d'un État juif », *suivi de* « La Palestine est le pays natal du peuple palestinien »
Itzhak Rabin, David Ben Gourion, Yasser Arafat
P2390. « Une révolution des consciences », *suivi de* « Appeler le peuple à la lutte ouverte »
Aung San Suu Kyi, Léon Trotsky
P2391. « Le temps est venu », *suivi de* « Éveillez-vous à la liberté », *Nelson Mandela, Jawaharlal Nehru*
P2392. « Entre ici, Jean Moulin », *suivi de* « Vous ne serez pas morts en vain », *André Malraux, Thomas Mann*
P2393. Bon pour le moral ! 40 livres pour se faire du bien
P2394. Les 40 livres de chevet des stars, The Guide
P2395. 40 livres pour se faire peur, Guide du polar
P2396. Tout est sous contrôle, *Hugh Laurie*
P2397. Le Verdict du plomb, *Michael Connelly*
P2398. Heureux au jeu, *Lawrence Block*
P2399. Corbeau à Hollywood, *Joseph Wambaugh*
P2400. Pêche à la carpe sous Valium, *Graham Parker*
P2401. Je suis très à cheval sur les principes, *David Sedaris*
P2402. Si loin de vous, *Nina Revoyr*
P2403. Les Eaux mortes du Mékong, *Kim Lefèvre*
P2404. Cher amour, *Bernard Giraudeau*
P2405. Les Aventures miraculeuses de Pomponius Flatus
Eduardo Mendoza
P2406. Un mensonge sur mon père, *John Burnside*

P2407. Hiver arctique, *Arnaldur Indridason*
P2408. Sœurs de sang, *Dominique Sylvain*
P2409. La Route de tous les dangers, *Kriss Nelscott*
P2410. Quand je serai roi, *Enrique Serna*
P2411. Le Livre des secrets. La vie cachée d'Esperanza Gorst *Michael Cox*
P2412. Sans douceur excessive, *Lee Child*
P2413. Notre guerre. Journal de Résistance 1940-1945 *Agnès Humbert*
P2414. Le jour où mon père s'est tu, *Virginie Linhart*
P2415. Le Meilleur de «L'Os à moelle», *Pierre Dac*
P2416. Les Pipoles à la porte, *Didier Porte*
P2417. Trois tasses de thé. La mission de paix d'un Américain au Pakistan et en Afghanistan *Greg Mortenson et David Oliver Relin*
P2418. Un mec sympa, *Laurent Chalumeau*
P2419. Au diable vauvert, *Maryse Wolinski*
P2420. Le Cinquième Évangile, *Michael Faber*
P2421. Chanson sans paroles, *Ann Packer*
P2422. Grand-mère déballe tout, *Irene Dische*
P2423. La Couturière, *Frances de Pontes Peebles*
P2424. Le Scandale de la saison, *Sophie Gee*
P2425. Ursúa, *William Ospina*
P2426. Blonde de nuit, *Thomas Perry*
P2427. La Petite Brocante des mots. Bizarreries, curiosités et autres enchantements du français, *Thierry Leguay*
P2428. Villages, *John Updike*
P2429. Le Directeur de nuit, *John le Carré*
P2430. Petit Bréviaire du braqueur, *Christopher Brookmyre*
P2431. Un jour en mai, *George Pelecanos*
P2432. Les Boucanières, *Edith Wharton*
P2433. Choisir la psychanalyse, *Jean-Pierre Winter*
P2434. À l'ombre de la mort, *Veit Heinichen*
P2435. Ce que savent les morts, *Laura Lippman*
P2436. István arrive par le train du soir, *Anne-Marie Garat*
P2437. Jardin de poèmes enfantins, *Robert Louis Stevenson*
P2438. Netherland, *Joseph O'Neill*
P2439. Le Remplaçant, *Agnès Desarthe*
P2440. Démon, *Thierry Hesse*
P2441. Du côté de Castle Rock, *Alice Munro*
P2442. Rencontres fortuites, *Mavis Gallant*
P2443. Le Chasseur, *Julia Leigh*
P2444. Demi-Sommeil, *Eric Reinhardt*

P2445. Petit déjeuner avec Mick Jagger, *Nathalie Kuperman*
P2446. Pirouettes dans les ténèbres, *François Vallejo*
P2447. Maurice à la poule, *Matthias Zschokke*
P2448. La Montée des eaux, *Thomas B. Reverdy*
P2449. La Vaine Attente, *Nadeem Aslam*
P2450. American Express, *James Salter*
P2451. Le lendemain, elle était souriante, *Simone Signoret*
P2452. Le Roman de la Bretagne, *Gilles Martin-Chauffier*
P2453. Baptiste, *Vincent Borel*
P2454. Crimes d'amour et de haine
Faye et Jonathan Kellerman
P2455. Publicité meurtrière, *Petros Markaris*
P2456. Le Club du crime parfait, *Andrés Trapiello*
P2457. Mort d'un maître de go.
Les nouvelles enquêtes du Juge Ti (vol. 8)
Frédéric Lenormand
P2458. Le Voyage de l'éléphant, *José Saramago*
P2459. L'Arc-en-ciel de la gravité, *Thomas Pynchon*
P2460. La Dure Loi du Karma, *Mo Yan*
P2461. Comme deux gouttes d'eau, *Tana French*
P2462. Triste Flic, *Hugo Hamilton*
P2463. Last exit to Brest, *Claude Bathany*
P2464. Mais le fleuve tuera l'homme blanc
Patrick Besson
P2465. Lettre à un ami perdu, *Patrick Besson*
P2466. Les Insomniaques, *Camille de Villeneuve*
P2467. Les Veilleurs, *Vincent Message*
P2468. Bella Ciao, *Eric Holder*
P2469. Monsieur Joos, *Frédéric Dard*
P2470. La Peuchère, *Frédéric Dard*
P2471. La Saga des francs-maçons
Marie-France Etchegoin, Frédéric Lenoir
P2472. Biographie de Alfred de Musset, *Paul de Musset*
P2473. Conseils à une Parisienne, et autres poèmes choisis
Alfred de Musset
P2474. Le Roman de l'âme slave, *Vladimir Fédorovski*
P2475. La Guerre et la Paix, *Léon Tolstoï*
P2220. Une année dans la vie de Tolstoï, *Jay Parini*
P2476. Propos sur l'imparfait, *Jacques Drillon*
P2477. Le Sottisier du collège, *Philippe Mignaval*
P2478. Brèves de philo, *Laurence Devillairs*
P2479. L'Arbre du père, *Judy Pascoe*
P2480. Contes carnivores, *Bernard Quiriny*